抹香鲸

你喵姐 著

你那么独立，一定受了不少委屈吧

天津出版传媒集团
天津人民出版社

图书在版编目（CIP）数据

你那么独立，一定受了不少委屈吧 / 你喵姐著. -- 天津：天津人民出版社，2019.4
（抹香鲸）
ISBN 978-7-201-14591-4

Ⅰ. ①你… Ⅱ. ①你… Ⅲ. ①随笔－作品集－中国－当代 Ⅳ. ①I267.1

中国版本图书馆CIP数据核字（2019）第038277号

你那么独立，一定受了不少委屈吧

NI NAME DULI YIDING SHOULE BUSHAO WEIQU BA

你喵姐　著

出　　版　天津人民出版社
出 版 人　刘　庆
地　　址　天津市和平区西康路35号康岳大厦
邮　　编　300051
邮购电话　（022）23332469
网　　址　http：//www.tjrmcbs.com
电子信箱　tjrmcbs@126.com

责任编辑　谢仁林
特约编辑　师　擎
封面设计　46设计 QQ:1067244694

制版印刷　河北华商印刷有限公司
经　　销　新华书店
开　　本　880×1230毫米　1/32
印　　张　8.5
字　　数　170千字
版次印次　2019年4月第1版　2019年4月第1次印刷
定　　价　42.80元

推荐序
因为独立，所以值得

收到为喵姐写推荐序邀请的时候，真的很开心。

刚开始读喵姐的文章时，我就被她文章中的一种韧性所吸引，觉得她是一个很有个性的女孩儿，会不由自主地想要去认识她。

她的文字充满了质感，里面有很多人生经历和感悟，让人有一种千帆过尽，依旧独立做自己的感觉。

人活一世，总要经历一些什么。而那些经历无论以怎样的形式出现在你的生命里，最终都会以另一种方式融到你的生命里，你会因它们变得更加丰盛。那些过往，无论悲伤还是喜悦，都是自己在人生中书写的故事。

记不清是哪部电影的台词有这样一句话："年轻的时候，我想成为任何人，除了我自己。"很多时候，我们都会感到迷茫，这似乎是成长道路上不可避免的。

而在喵姐的文字中，你能看到自己——那个不顾一切，敢于与成长道路上所遇见的困难做斗争的自己；那个积极、上进，为了自己想要的生活不断努力的自己；那个为了追求独立而受了不少委屈的自己……

这些，都是女孩们不断成长、经历蜕变所遇见的自己不同的一面。她们经历过失败、痛苦等很多糟糕的情绪，但也在这些经历中找到了成为更好的自己的方法。

喵姐文章中的女孩们，一个个鲜活、勇敢、独立、洒脱……纵使生活中有不如意之处，也能化腐朽为神奇，活出真正的自我。她们“做自己”的模样，真的很美！

因为独立，所以值得！

喵姐的文字和她本人一样，非常真实。她身上有很多吸引我的特质，一直以来，她就是在不断地通过自己的努力成为自己想要成为的人。

当初她说想要写作，不管工作多忙，每天都会挤出时间坚持写文章，更新自己的公众号；她之前说想要在未来开民宿，而如今她也真的做到了。她的这本书要和你们见面了，希望你们如我一样会喜欢这本书，从这本书中找到属于自己的一些东西。

希望我们都能和书里的女孩们一样，成为最好的自己！

和喵姐一样，祝福你们每一个人，愿你们独立、坚强，也愿你们都会遇到一个懂你们的独立和委屈的人！

小诗

自序

只有独立，你才能活得自由、有尊严

几年前，我还是个小姑娘，那时候还在憧憬未来。我怎么也想不到，许多年后的今天，我的文字会一笔一画地烙印在这纤薄的纸上。

那些生活里深深浅浅的话，被我用笔记录下来，我不断地写，不断地引来读者们的关注。

我很感激这些人，也很欣慰，原来我说的话，有一天，会有这么多人想要聆听；我写的字，成了那么多人的心头所爱。

我是一个重感情的人，生命里遇见的人、做过的事，哪怕是路过的树、夏夜草丛里稀疏鸣叫的蝉、微风中轻轻摇曳的花、角落里不起眼的草……我都非常非常地喜爱。

就像小王子那么爱他的玫瑰，就像被驯服的狐狸深情地爱着小王子，也像我，如此热爱这个世界。

所以，我想带领众人用我的双眼和笔触去看、去了解这个世界，去知悉时间长河里，我们能说什么、能做什么、如何过好我们平凡又美好的一生。

而关于“什么才是至死不灭的渴望”，我想了很久，想到的只有爱。

是杜拉斯在《情人》里写下的：“爱，之于我，不是一饭一蔬，不是肌肤之亲，是平凡生活的英雄梦想，是一种不老不死的欲望。”

爱，是我们想要在这个世界上留下的痕迹，是拼命奋斗不曾止息的时光里，心底永恒的闪光。

你问我：“年轻时要怎样才会尽善尽美，不负此生？”

我没有标准答案，我唯一知道的就是跟你说要独立、自主、勇敢、坚强地去做你想做的事，无所畏惧，无所迁就。委屈算什么，流过泪的眼才更明亮！

总有一天你会明白你在成长道路上并不孤单，也总有人跟你一样，想要见证这个世界的精彩。

很多年以后，当我们回望来时的路，你会发现曾经的那些虽然动荡曲折，内心惆怅；虽然晦涩不堪，残破万丈，可那才是真实的我们，那正是只属于我们的黄金时代！

只有独立，你才能活得自由、有尊严！

愿你永远年轻，永远充满想象。愿你心中有爱，怀中有信仰。

献给所有独立、坚强、勇敢、善良的人。

CONTENTS

PART 1

独立，使你能活出自我，不受制于人

独立，是一种优秀的生活品质，是一种可敬的人生态度。勇敢地做独立的自己吧，这样可以使你在任何时候都有底气面对一切困难，从而活出自我，不受制于人。

PART 2
你受过的委屈我都懂，你做的一切都值得

那些当初受过的非议，那些曾经尝过的辛酸，那些过去承受的误解，终将有一天以另一种方式丰盈我们的生命。朋友，你受过的委屈，我都懂！所以，也请你相信，你做的一切终会换得人生美满！

PART 3

忧伤与过往，是你拥抱未来的充足底气

谁不想成为一个人一生中最刻骨铭心的存在，谁不想在成长的道路上一帆风顺，可即使很努力很努力，我们还是经历了很多辛酸与不安，但那些忧伤与过往，给了你重新拥抱美好明天的底气。

PART 4
有范儿、有追求的你，光芒万丈

也许那个你等的人迟迟未到，但你等他找到你的过程中，做自己的样子真的很美。终有一天你会变得光芒万丈，让他循着光，找到有范儿、有追求的你。

PART 1 独立，使你能活出自我，不受制于人

独立，是一种优秀的生活品质，是一种可敬的人生态度。勇敢地做独立的自己吧，这样可以使你在任何时候都有底气面对一切困难，从而活出自我，不受制于人。

“独立、狠心”的女孩才好命

/1/

一直很相信一句话，女人要心狠。

“‘狠’不是态度里的张扬，言语中的张狂，气势上的咄咄逼人，而是来自内心的坚定与从容，女人的强大从来不写在脸上。”

这段话来自我喜欢的女性作家：李筱懿。

她说，美女都是狠角色，尤其是那些长得漂亮、干得漂亮、活得漂亮、想得漂亮的人。

想起曾经工作时认识的一位姐姐，她是在办公室里游刃有余，工作、生活两不误的成熟女性。她穿着低调却有个性的衣服，画精致的妆，踩着高跟鞋，香水闻起来令人很舒服。她身上的那种美随着岁月的沉淀会愈加醇厚。

我总以为活成那样是天生丽质，可当我发现真相时，已哑然无声。

原来这位姐姐光是每天五点起床就已经坚持了15年，每天醒来喝蜂蜜水的习惯也坚持了近10年，做瑜伽、冥想不用多说，美容护理更是她的日常，她说："女人不能懒，美容要趁早。不要过了25岁才知道要保养，过了30岁才不熬夜。"

她说：

"你要瘦，要白，要干净、整洁；

"你要抵抗岁月，坚持运动，吃健康的食物；

"你要用好的产品，定期关注自己的肌肤和身体；

"你要读书，有了好看的皮囊，没有有趣的灵魂岂不可惜？"

她读书，看报，丰富自己，像所有女人般和朋友喝茶、逛街，可出门丢个垃圾都要梳好头发，去菜市场买个菜也要从头到脚优雅到底。

很难想象她对自己多狠，有多自律，才能在人前美成这般模样。又是吃了多少苦，才能变成别人眼中的漂亮女人。

/2/

《我的前半生》这部剧里除了探讨婚姻、家庭，女性独立等话题外，吸引我的是作为一个强大女性该有的脸面和心境。

子君虽是家庭主妇，却颠覆了以往大家对主妇、黄脸婆的认知，她漂亮，自然，三十多岁依然保养得非常好。

而闺密罗晶，同样颠覆对女强人刻板、不打扮自己的印象，她保养自己，去健身，穿好看的衣服，每一天都精致地活着。

连吴大娘这个职场精英，风里来雨里去，谁说事情干得好的女人，不能长得好看，她年过40依然美如画。

女人保养自己，精致地活着到底有多重要？

可可·香奈儿曾说：20岁时的面孔是上天给你的，50岁时的面孔是你自己决定的。一个女人只有自律，才能拥有自己想要的一切。

我对此深以为然，你现在不狠心，岁月就会把你摧毁。你现在偷懒，岁月总有一天会给你点颜色看看。这绝不是危言耸听。

美丽，是一件付出代价，就能得到回报的事。

如果你总是怕麻烦，以后的麻烦就会像滚雪球一样，越来越多。

蔡康永曾说，15岁觉得游泳难，放弃游泳。到18岁，遇到一个你喜欢的人约你去游泳，你只好说“我不会耶”。18岁觉得英文难，放弃英文。28岁出现一个很棒但要会英文的工作，你只好说“我不会耶”。人生前期越嫌麻烦，越懒得学，后来就越可能错过让你动心的人和事，错过新的风景。

/3/

人生前期越偷懒，后期越艰难。

想要美丽，就要对自己狠心。女人的美也绝不是由年龄来限定的，它是一种自我打理，从容而精致的态度。

长得好看，天生是优势，可美丽除了天生的以外，还能通过后天养成。

我所认识的漂亮姑娘，不算漂亮，但和她相处，给人干净舒服的感觉。她护肤，爱自己；她运动，有活力。她能够发现自己的美，在变美的道路上狠心用力。

如果你问我，什么样的女人是最美的？

我会说：“岁月沉淀之后的女人，样子最美。”

她们不仅外表美，还拥有心灵、灵魂深处的优雅。她们的美是见识广博、眼界开阔、思想丰盛的美。

可正如杨澜所言，没有人有义务透过你邋遢的外表，去发现你优秀的内在。

如果一个人连她自己的形象都不顾及，又怎能让别人走进她的心里。

你一定要足够美，对自己够狠心，才能抵抗这个毫不留情的世界，在最好的年纪拥有最美的自己。如果吃得最胖，用的东西最差，活得最便宜，岂不是对不起青春？

你妈不让你嫁的那个男孩，后来怎么样了

/1/

早晨八点，急促的铃声把我吵醒。我迷糊地睁开眼，用手摸到床边的手机。一看是阿风的电话，急忙坐起身来，按下接听键，阿风低沉的声音像是被困住的疲惫野兽。他对我说：“我逃婚了。”

一小时后，我赶到了阿风面前。眼前的他看上去很憔悴，就像一瞬间老了十岁那般，让人不知所措。

他看着我，眼圈发红。我给他点了杯咖啡。咖啡是一种非常好的饮料，总能让人在浮躁中平静下来。他呷了口咖啡，对我说：“可能我真的配不上她。”

我知道他说的她是谁，毕竟彤彤也是我的好友。他们俩的爱情我这个局外人都觉得挺不容易的。

阿风不是本地人，彤彤的家庭却在当地出了名，父亲是警察，母亲在重点中学教书。

说她家是书香门第一点不为过，彤彤三代单传，从小富养，见过世

面，不愁吃穿，家里为她介绍的对象非富即贵，可她唯独喜欢阿风。

她喜欢阿风的善良，喜欢阿风的果敢，喜欢阿风说到做到的作风，喜欢阿风对她负责又宠溺的模样。

他带着她看过这个城市夜晚最美的星，带她去从未去过的地方。他骑摩托车载她去兜风，她喜欢什么他能买到一定买，她要去哪里，他拼了命也要带她去闯。

年少的爱，就是这般炙热和惊天动地。

可是这一切都不被彤彤的父母接受，尤其是彤彤的母亲，这个骨子里都是传统和教条的女人，她怎么能允许自己优秀的女儿跟“混混”模样的阿风在一起。

彤彤难过，跟母亲吵架，她摔门而出。她说她爱阿风，从小到大都听父母的，可为何连喜欢的人，想要的爱情都让父母决定。

彤彤的母亲，红着眼说：“你不能这样，做父母的怎么会不为你好，他那样的男人你不能嫁！”

/2/

阿风何尝不难过，他不能埋怨自己的家庭，他很努力地攒钱，他打两份工累到不行的时候，看着钱包里照片上彤彤灿烂的笑脸，他内心就感到很温暖，他在心里默念，那个女孩的笑容他一定要守护。

为了搞定彤彤父母，他给阿姨买上好的补品，给叔叔买名贵的药材做保健，带彤彤一家去自驾旅游，那些钱都是他没日没夜地工作挣来的，他只想证明彤彤嫁给他会幸福。

可终于搞定彤彤的父母后，阿风却在他们领证的日子做了逃兵。

我不知道彤彤怎么想，也不知道阿风怎么想。

阿风对我说：“我真的很爱彤彤，我想给她最好的，可我越想越怕，我怕我做不到，我怕我越爱她越会失去。我一个人在家里坐了一上午，拿着户口本，不敢踏出家门半步，我知道她在民政局门口等我，她给我打了很多电话，我不知道怎么和她说。也许，我是真的配不上她……”

你可以想象一个身高一米八的大男生，在我面前不知所措流泪的模样吗？你可以想象我看着他难过，却不知道怎么安慰的样子吗？

/3/

一个月后，彤彤谈了新的恋爱。男方是父母给她介绍的一个家里有好几套房产的年轻有为青年，他对彤彤很好，可好是好，彤彤却没有对他动心。

彤彤问我：“你说，女人要嫁给爱情，还是只是结婚完成使命？”

我回答不出，我知道彤彤心里的爱情已经死了。那个能让她爱得死去活来的人，那个让她等了一上午，直到后来发短信、打电话全都联系不上的人，已经不在她身边了。

阿风一个人醉了一个月，他忍住不接彤彤的电话，在喝醉的时候，翻着他们的旧照流泪。我到过他的住处，他一直不曾离开。

你有喜欢一个人喜欢到不能喜欢吗？

分手后，阿风再也不想恋爱。朋友给他介绍对象，说人家大长腿，大眼睛，声音好听，绝对是小甜心。他看了一眼，说不用了。

彤彤说新男友跟她求婚了。她问我，该不该答应他。

我顿住了，微笑地看着她说："彤彤，你要不要嫁给他，你心里不知道答案吗？"

然后又说："你问我要不要嫁的时候，那就是不想嫁。"

彤彤被我说得心里一沉，说："喵，我能瞒过所有人，我能说服自己，做父母眼中的乖乖女，我能表现得很喜欢跟他在一起的样子，可我骗不了你。你说对了，我不爱他。"

"他很好，没毛病，温柔没脾气，多金又沉稳，可我不爱他。"

我问阿风："你还爱彤彤吗？你快去把她追回来啊！你快去啊！"

你看她还在等你，她不想嫁给别人，只想嫁给你。

阿风那天晚上想了好久，给彤彤打了个电话。他还没开口，彤彤就无法抑制地哭了，像是小时候被人抢去布娃娃的小女孩儿委屈地哭。

/4/

我以为阿风和彤彤就这样，深爱对方却因为现实彼此错过了。

可这样的故事或许每天都在上演，一点不稀奇，在这世界大大小小的角落。

他爱她，她爱他，他们相爱，他们却不得已分开。

又是一个月，大人们忙着上班、下班，怀念自己以前天真无邪的样子，小孩儿在教室里透过窗户张望外面的世界。每个人都在他的既定轨道里行走，经历春夏秋冬。有时候觉得什么都可以失去，只有时间一直存在。

结束了一天的工作的时候，我在电脑前伸了个懒腰，喝了杯咖啡，打开手机，收到阿风的一份请帖，结尾发来一个傻笑的表情。

我怀着百分之两百的好奇点开链接，呈现在眼中的竟是“诚挚地邀请您参加陈建风和夏雨彤的婚礼”。

那个时候，一只小麻雀飞到了我的窗台，它用好奇的眼神，打量着眼前的新世界。

大概这就是爱情，兜兜转转，今生今世，最爱的还是你。

我看过很多爱情，那些爱情有的到了我笔下，有的留在了我的脑海中。可每一份真挚的爱情都让我相信：**姑娘，你一定要嫁给那个对的人。此生此世，都不要放弃爱。**

真爱的人，不会再次错过。

愿所有的好姑娘，最后都会和自己喜欢的人结婚。

熬完异地恋，我们就结婚

/1/

糖糖给我打来电话，没说几句，电话那头的她就哽咽起来，再后来，她哭花了双眼。

糖糖说异地恋真的好苦，她要跟大南分手了。因为异地两年，她等啊等，等啊等，700多个日夜的思念，让她对大南和他们之间的爱情终于失去了希望。

她说太难受了，那种感觉就像渐冻人随着时间慢慢失去知觉，爱情也在时光里消失。

异地恋的恋人，想见对方，想触碰对方，都变得奢侈。

所以每一次见面，都无比珍贵。

/2/

我问过很多还在坚持异地恋的情侣，他们毫无意外地说：

“异地恋，就像跟电子宠物谈恋爱，连拥抱都要依赖表情。他忙的时候，你有空；你忙了，他闲下来，感情也有时差。”

“发短信，只能隔着屏幕傻笑。”

“打电话，声音近在耳边，却无法拥抱。”

“聊视频，好想穿过屏幕，但只能想想。”

那些生活里随处可见的失落也在一点点累积：

看到好吃的，迫不及待告诉他，却不能一起吃，只能掏出手机拍给他看。

看到好玩儿的，第一个想到他，可他不在，你玩儿的兴致也没了。

给他买了很多东西，不在一起的时候，就幻想下次见面一起送给他。夜里睡不着了，你摸摸枕头旁的手机，跟他说：“我想你。”

他不会马上回，可你那时候真的很需要一个拥抱。

/3/

“隔着手机恋爱”是异地恋的常态，“穿过屏幕去见你”更是望眼欲穿的痴念。

阿娇跟我分享过异地恋最难受的事。她说，其实异地最辛苦的不是“对方不秒回消息”，也不是“隔着人海山川我抱不到你”。

最苦最难熬的是“我真的很需要安慰，需要拥抱，需要照顾，需要爱的时候，你却只能在电话那端陪我，我微笑着说没事，自己能行，可我真的好需要你。”

你生理期的时候，他只能说“多喝热水，注意保暖”，不能立马到你身旁抱住你。

你感冒发烧了，他只能让你“照顾自己”，不能为你买好药，冲到你身边把你裹成粽子，亲自为你熬汤。

他工作忙了，你不能替他分担；他加班累了，你不能照顾他，也无法为他做营养餐。

两人在各自的城市努力，却怎么也走不到一起。你们相爱，却也败给距离。

每一次相聚，只会让你们更加难过。

这就是异地恋，就像两只单翅的天使，只有抱在一起才能飞翔。

/4/

都说“我有男朋友却还是单身”的状态来形容异地恋，真的再合适不过。

明明有男友，却得不到想要的恋爱，明明脱单了，却还是单身状态，一个人吃饭，一个人看电影，不是找不到人陪，只是他们都不是你的男朋友。

“亲爱的，你怎么不在我身边？”

“我真的好想你。”

于是你学着孤单，习惯自由。从开始打电话的甜蜜、心酸到后来的慢慢习惯，你每坚强一次，就离他远一分。

时间给你期望，也让你失望……

/5/

我问过朋友：“如何才能谈好异地恋？”

原以为他要给我传授经验，想不到他却说：“其实异地恋根本谈不好，谁都一样，最好的办法就是尽快结束异地恋，双方在同一座城市。”

那一刻，我才清醒，真的没有谁能谈好异地恋，每一步坚持都是死撑。而到了最后，所有的异地恋不是在一起一辈子，就是天涯此生两不欠。

异地，是一场考验，熬得过的成了爱情，熬不过的变成青春。

有人问，为什么异地恋那么辛苦，还是有人不愿意放弃？

我想大概是因为“我爱你，很爱你，真的很爱你”。因为比起时间、距离，我更不愿错过你。

也许此生，听过最好的一句情话不是“我爱你”，而是“熬完异地恋，我们就结婚”。

是啊，我们结婚吧。

再也不想隔着屏幕说爱，对着手机敲下“我爱你”。

再也不想看不到你说话的表情，感受不到你怦怦跳动的心脏。

再也不想在需要你的时候，只能靠聊天慰藉彼此，留下的是每天清晨满满的失落。

三毛说，谈恋爱要落到生活的实处，落到穿衣、吃饭，这些生活的常态才叫恋爱。

不想在手机里做你的女朋友，不想在手机里呼唤男朋友，不想养着电子宠物般每天问他“饿了吗”“睡了吗”“吃了什么”……

想走进你的生活，跟你一起吃饭，哪怕走走停停，距离再远，天再冷，路再黑，也想和你在一起，说很多废话，做很多废事。

不想再坚强地一个人做完所有事情，不想在你面前独立又懂事，撑过所有的苦。想在你面前哭，想要你安慰我，为我擦干眼泪，想要你抱紧我，告诉我“你在”。

去他的坚强，姐要抱抱。

去他的独立、不黏人，姐是小公主，就是要亲亲、抱抱、举高高。

想撒娇，无理取闹，钻进你的怀抱。

让我们结束异地恋，结婚吧。

一年，两年，三年，一辈子，我都想和你在一起。

我不喜欢异地恋，我喜欢的是你。

会聊天的男人，拯救了整个银河系

/1/

自从公布了微信号，我每天都要被一些人气死。也不知道这些人打哪来的，尬聊能力爆表到我开口跪，分分钟就把天聊死，没有任何难度。

人家一上来就问：

“美女，在吗？”

“交个朋友，你电话告诉我呗。”

“你住哪啊？”

What？还要多尴尬，我真心疼自己。

“我不美，叫丑。”

“我不在，谢谢啊。”

“住哪？”

这些人到底会不会聊天了，简直有毒。说实话，聊都没聊过的人，上来就问“叫什么，电话多少，住哪儿”合适吗？你不觉得尬，我隔着屏幕都闻见了尬味。

还有些人呢，加了我就一直发消息，我不回他还说我没礼貌。拜托，发不发是你的事，回不回是我的事吧。也不看看自己都发了什么，除了“在吗”就是“问你个事”，谁没事干才回吧。

别人为什么不回，还不是因为你说话low。

真想对这些人说，好好聊天会死啊。

非要打开天窗说亮话，咋自己就不明白了。

/2/

之前后台有位读者跟我吐槽：现在的女孩好难追。

我觉得很奇怪，一般女孩对会聊天的男生普遍都有好感吧。于是我问：“你怎么追的啊？”他就给我看了他们的聊天记录，看完我就呵呵了。

这位读者每天准时道早安、晚安，问“吃了吗”，就差一个么么哒。他女神的回答就是“嗯、啊、哦、睡了”。

尬得我都不好意思看了，人家回你“嗯、啊、哦”明显不想搭理你啊。

可他还觉得自己已经很用心了，问我：“你们女孩子不就喜欢有人天天和你们道早安、晚安，觉得别人在乎你们吗？”

我天！我们真的好喜欢！好喜欢你这样天天关心我有没有起床，睡得好不好，做了什么梦。好喜欢有个人天天问我吃的菜，做的事，上的课。好喜欢有个人这么关心我，确实不能再高冷下去了！这么厉害又有耐心天天问的人，要赶紧抢过来做男朋友啊！

我佩服这位读者的毅力和决心，也对没有删掉他的女孩表示由衷的敬佩。要知道每天面对这么尴尬的话题，都能坚持回复的，不是真爱，就是在真爱的路上。

也许明天属于他的幸福就来了。

加油，你是最棒的！

/3/

女孩子要的到底是什么？

之前网上有句话：你最后会爱上的，是那个愿意陪你聊天的人。

这话老扎心了，女孩子就是特别喜欢跟自己聊得来的人，对愿意陪自己聊天的人好感噌噌上升。可聊天是聊天，不是尬聊。喜欢一个人，得真用心。

不是每天道早安、晚安，总是问她“在不在、吃了什么”就够了的。

问这些什么用都没有，你都没试着走进她的生活，她怎么会回应你的追求？

聊天之前，你不会翻翻她的朋友圈，看看她的微博，了解她的动态、喜欢吃的东西、去过的地方、想去的地方、看过的书、感兴趣的话题再聊吗?

非得整天道早安、晚安，问在不在的，你是人肉GPS，天天追踪她定位啊?

问她“吃了吗”就算了，还问“吃了什么”，你怎么不再问“明天吃什么”?

/4/

大家都说，会聊天的男人拯救了整个银河系。

之前我有个同事，说话就让人如沐春风，大家都特别喜欢找他说话。他不帅又不高，小眼睛、塌鼻子，可人家整体气质好到爆，会说话，人机灵又有趣，跟他聊天特别开心。

而我一朋友跟我说的故事，就让人啼笑皆非了。朋友说自己表妹去相亲，碰到奇葩男。她表妹长得好，身材也好，从小就被人称为小柏芝。这不爸妈给她介绍个对象，人一见面就盯着她看，老寻思着像谁谁谁。

表妹心里还有点小高兴，以为对方要告诉她像张柏芝。

结果人一拍脑袋，激动地说：“我知道了，你像孙悟空！我就说咋那么像呢！简直一模一样！”

表妹气得都想当场走人，之后的聊天更是全程黑线脸，回家差点儿和父母吵架。

不会聊天的杀伤力不要太大，有些人真是一说话就暴露了自己的情商。

你说一个妙龄女子长得像孙悟空是什么意思啊？你说你这么耿直，从不考虑别人的感受，和你说话能高兴吗？

这样下去别说找结婚对象了，女性同胞都不愿意搭理你，大家简直分分钟想把你从心里拉黑，一百年不想见你啊！

根本就不想和你认识，好吧？

/5/

我真的特别好奇，这些分分钟把天聊死的人，脑回路到底长什么样啊？竟是和常人不同？聊个天至于那么难吗？非得开口就弄得大家都尴尬？

不会聊天，就不会先发个可爱点儿的表情活跃气氛吗？

不会聊天，就不能先去了解你要沟通的那个人，有什么爱好吗？

不会聊天，就不能花点心思，学学人家会聊天的吗？

不会聊天，就不能闭嘴吗？能别开口就是“你手机号多少”“你住哪里”“你月薪多少”这些问题吗？你是查户口的啊？

要是你说什么，人家的回答都是“嗯、啊、哦”，那人家摆明了不想和你聊天了，你就不要自讨没趣，继续尬聊了。

说实话，倾注感情，用心学会换位思考，了解别人喜欢听什么，再去和人聊天，比你干巴巴尬聊效果好太多了。

如果你认为打几个字，说几句话就是聊天了。

呵呵，这样的天儿，我宁愿憋死也不聊。

/6/

真的，求你别找我尬聊了好吗？

跟你聊天，我大脑内存不够用！

跟你聊天，我能气得上天，老得快！

别再怪别人为什么不回你，你自己看看都跟人聊了什么。

我们很熟吗？一天到晚问我在不在，忙不忙。

我在不在，忙不忙，吃了什么，关你什么事？求求你别再问我了，有事说事，好吗？别总问我在不在，然后就没下文了，对不起，我不在。也别总问我有没有空，我对全世界有空，就对你没空可以了吧？

你有本事，就套路我一辈子啊

/1/

手机在桌上“叮”了一声。

我拿起手机，打开一条新消息。

“喵，我要结婚了。”

“嗯？这可是大事。”

给我发消息的是阿水，我一大学同学。这几年，我们毕业了，大家各奔东西。我们这一圈人，有的往南，有的北上。阿水断断续续地跟我保持点联系，其实大家平时有事就联系，没事各忙各的，我享受这种关系，也乐意保持各自的独立。

在我的印象里，阿水是从不缺女朋友的。在学校，听他室友说，学校组织去实习，阿水在火车上都能撩个妹，他们聊得那叫一个火热，还没到站，两人就眉来眼去，交换了联系方式。

实习过后，那个妹子还主动来学校找阿水，他借钱安排她住了好几天。自己睡到了宿舍。

“行啊，你小子，坐个火车也能撩到妹子。”虎头有些微胖，他一把勾住阿水的肩说道。

“别说了，赶紧请吃饭。”一群人揶揄阿水。

“别闹，又不是女朋友。”

“哎哟喂，这都来找你了，还不算女朋友？”

“走走走，喝酒去。”阿水和虎头撞了个拳，顿了顿，说，“我还真喜欢一个人了。”

/2/

阿水喜欢的是英语系的学姐，一大群眼镜宅男的女神。他第一次看到学姐是在自习室。那时候，快期末了，他拖着虎头抱着一堆专业书来到了自习室。

“临时抱佛脚有用吗？”虎头迟疑地问。

“你傻啊，还真啃书？当然是把老师划的重点背下来啊。”

虎头翻了个白眼，说：“那还不如做小抄呢？校门口打印社有专门的小抄打印。”

“那可不行，万一被看到了，很麻烦，划不来。我不要多，及格就好。”

阿水平常看上去油里油气，见个女孩就吹口哨，关键时刻还是分轻重的，这点都让我们觉得他心眼不坏，爱憎分明，还有点小可爱。

那天，学姐穿了一件素蓝色的连衣裙，逆着光坐在阿水对面。她盘着头发，在听英语，自习室里，安静得只剩翻书声，学姐低着头，重复着英语。

阿水看呆了。可想而知，那天背重点的计划泡汤了。

他第一次觉得女生可以那样美好。第一次觉得自己的那颗扑通跳动的心不属于自己了，那是一种无法形容的愉悦。

“虎头，下午坐我对面的是谁啊？”出了自习室，阿水边走边问。

虎头差点把下巴惊掉了，说：“不是吧，你竟然不知道咱们院女神？”

“美，真美！美得我都不敢说话了。”

“至于吗？”虎头挑着眉毛说，“你小子阅女无数，辣手摧花都数不清了，还真动心啦？”

“至于啊。从此以后，我林彦水就只有一个女神了。”他拍着胸脯对虎头说。

/3/

虎头非常夸张地和我们比画阿水那时候意志坚定、仿佛变成忠贞小娘子的表情，然后喝了一大口盐汽水。

“我敢打赌，他林彦水绝对喜欢人家不超过一星期，赌输了请你们吃海底捞。”

后来当阿水拉着我们跑学姐楼下摆心形蜡烛、撒玫瑰花，搞得宿舍保安提着手电气冲冲地来女生宿舍前，大声说道："吵什么吵，不睡觉啊？"

学姐款款下楼，十分感动，然后收了花，拒绝了他。

看着女神离去，他伤心地把口水、鼻涕、眼泪全蹭在虎头刚买的白T恤上了。

那天的虎头特仗义，他一边拍着阿水的背一边说："不是咱们的，别强求。是咱们的，怎样都会是咱们的。"

然后他请我们吃了海底捞，一箱酒，阿水喝吐了好几次。

"他可真动心了。"颜颜在洗手间搓着手对我说。

我看着哗啦啦的流水，重重地点了点头。心里想，原来浪子真会回头。

那以后，学姐考上了本院的研究生。我们忙着答辩，写毕业论文，这事谁也没提起过，再后来，阿水沉默了，仿佛一瞬间长大了。

/4/

有人说，人是一瞬间变老的，其实我觉得，长大也是。

阿水一改往日的嬉皮笑脸模样，变得内敛了很多，也许是得知了学姐跟学生会主席在一起了，也许是真的因为快毕业了，忽然慌张起来，也许没有也许……

谁也说不准，一个男人他要长大，是真的可以一夜之间就长大的。

那以后，我们毕业，面对着外面的电光火石，用每一个清晨的阳光去吞噬每一个黑夜的心伤。无数次地扑通倒下，又无数次地站立昂扬。生活就是这样，不能反抗就躺着享受吧。周而复始，盛世难忘。

很久以后，阿水打电话给我。按下接听键的那一刻，他浓重的鼻音还是让我一秒就回到从前。

他说："其实想通了很多事。也许在很多人眼中，尤其是不熟悉我的人眼中，我是花心萝卜，生活没规矩，好色又贪心，大学混混日子，撩撩妹。就这么混过去就好，这辈子也这么混过去就好。

"以前我真的有打算这样，像是一摊扶不上墙的烂泥。可是，喵，你知道我为什么会喜欢她，真心地喜欢她吗？

"这世上有很多人比她好看，我也交过很多漂亮的女孩。可我直到看到她，才知道有一种美叫气质。那天，我看着她直直地坐了一个下午，戴着耳机不断地重复那几句英文，她的嘴巴张张合合，工整的笔记放在一旁，仿佛身旁再无他人，仿佛世界与她无关。

"那种专注让我着迷，我好久都没见过一个这么认真的人了。

"或许，只是阳光暖得刚刚好，又或者我喜欢的是她认真的样子。

"我这样的人，看着浑身闪亮的她，内心突然地就觉得自己活得很糟糕。"

阿水像是对我说，又像喃喃自语一样。

我端着茶，热气浮上来，打个圈，消散了。

/5/

一年后，阿水考上了在职研究生，学的是他一直喜欢的心理学。

再后来，收到他的喜讯的那天，我在冷气飕飕的办公室，外面的太阳那么热烈，温度却很遥远。

阿水和一位他同学校的女生在一起了，两人在同一个导师手下学习，因为聊得来，慢慢地越走越近。

虎头那时候开玩笑地说："你就这么把你女神给忘了啊？还记得当年在哥的T恤上哭的那惨样吗？"

阿水打着电话，"能不那么幼稚吗？这都陈芝麻烂谷子的事了。不就是某宝35元的布吗，赔你一件可以吧？"

"哈哈哈……"

"阿水，有空一起聚聚。"虎头突然认真地说。

"好啊，来参加我婚礼啊！都给你发电子请帖了。"

"一定！"

/6/

他们的婚礼是在六月，我从前一直很喜欢六月，因为夏季是一年中最热烈的季节，就好像所有死掉的一切都在夏天又复活过来。

我看到阿水穿着笔挺的西装，仔细地整理别在左边的领花，他就站在那里，看着自己的新娘穿着圣洁的婚纱，挽着父亲，一步步走向他，他的目光里都是沉甸甸的爱。

那时候，我的眼眶湿润了。也不知道是因为婚礼氛围太感人，还是因为那时候的我又相信了“爱情”。

我能感受到那个男孩真正长大了，他有了责任，有了担当，有了想要保护的所爱之人的勇气。

所爱隔山海，山海俱可平。

/7/

“从今天起，我的女儿就交给你了。”女孩的父亲说着将女儿的手放在阿水的手里，用力地握了握。

“爸，你放心，我一定会用我这一辈子去爱你的女儿，我的妻子。”

完成那个仪式，就好像把这份心意都表达出来，把结果给了未来。

那一刻，只剩爱。

阿水牵着新娘的手，来到话筒前。那时候，灯光打在他身上，他说道：

“今天，想跟大家说些心里话。首先要感谢我的亲朋好友，能来参加我的婚礼。其实，几年前，我还是个小混混，没有理想甚至没有未来地得过且过，想着随便地过，赖着活就好。

“我曾经交过很多女朋友，真心假意，我会在她们需要的时候主动慰问，我给她们说晚安，我陪她们逛街，雨天在伞下拥吻她们，晴天带她们去喝糖水。

“我会摆心形的蜡烛，在她们宿舍楼下大声喊‘我爱你’。那时候我觉得，只要我想要的女孩，没有一个要不到。只要我想套路的，没有一个可以敌得过我的攻势。

“可是呢，当我真正遇到了一个女生。我承认，她是我那时候的女神。也是在那个时候，我看到那么优秀的她，竟然第一次那么讨厌我自己，那种感觉就好像吞了一只苍蝇一样恶心。其实，我想说的是，我很感谢她，感谢她拒绝了我，也感谢她让我认识了自己。

“这说起来很鸡汤的，说出来不怕我老婆不开心，也不怕大家笑话，我曾经为了追求她，拉着一帮损友去买蜡烛和玫瑰，半夜摆成爱心，平时对女神就嘘寒问暖。

“我一直觉得这些花招百试不爽。可后来发现原来有些感情根本套路不来啊。两个人一个在天一个在地，差距是无法逾越的鸿沟。也是那时候，我才明白，自己不能再这样玩世不恭地过一辈子了，我一定要改变自己。

“当你自己更好的时候，才配得上一段更好的爱情，不是吗？所以，感谢所有我错过的人，才让我遇到了今天站在我左边的挚爱。也是因为我变了，才能配得上这样一个最特别的你。”

说着，他转头看着身边的新娘，眼睛里闪动着泪光。

“虽然他们都说我是‘套路帝’，但从今以后，我只想套路你一个。你愿意嫁给这样一个我吗？”

“我愿意！”

说完，场下是掌声轰动，在座的人无一不为这一番肺腑之言感动。

时间会像是一只空洞的大手，将生活的背面覆盖过去。夜幕降临了，所有的今天都会死去，所有的明天都会复活，包括爱。

这个世界啊，真的你看不到啊，假的你也看不出呢！

恭喜你，终于进入了我的圈套，以爱之名，我会套牢你一辈子。

现在，看着我的双眼，你要相信我爱你。

和男朋友要礼物真的是没意义的吗

/1/

有一段时间，我在北京旅游，收到后台宝宝的私信。

宝宝说，知道我在外玩着，打扰到我也有点不好意思，可有个问题特别想问我。我就说："宝宝说吧，我在呢。"

于是她就给我说了她跟男朋友的事情。

她和男朋友在一起两年了，可他都不记得他们的纪念日，也不会买什么礼物，她生日从来没有收到过花，最多就是二人一起吃顿饭。她有时候也想：跟男朋友在一起不要那么多形式也可以，两人好好的就行。

可是吧，每当看到好朋友谈恋爱甜到蜜里，男朋友天天接送她们上下班，总是收到礼物，她心里就很酸。于是她闷闷不乐地向男朋友要礼物，男友说："那些都是没什么意思的，咱们存着钱买房啊，买那些多浪费。"

她就很委屈地问我："现在跟男朋友要礼物是没意义的事情吗？"

说实在的，我看到这里就不高兴了。

凭什么啊，这个男孩子不知道女孩子就是喜欢礼物，喜欢有人买礼物讨自己欢心吗？女孩子的想法其实很简单的，有时候她觉得你在乎她，哪怕只是送她一封手写信，为她唱首歌，她都很开心的。

在她很爱的人面前，她真的可以不要什么贵得要死的东西，不要大钻戒、名牌包等奢侈品，只要礼物能够体现你足够珍惜、看重她的心意她就心满意足了。

一个礼物的意义不在于它有多贵重、多好看，它的意义在于你为她花的心思和你对她的情意。

这就好像有人问我，恋爱过了热恋期，还要跟对方说“我爱你”吗？还有必要吗？当然有必要了，人家80岁的老夫妻还要手挽手逛街、秀恩爱的，你才20多岁就舍不得跟你爱的人说爱了？

“我爱你”说一次哪里够，要天天说，不要总放在心里，爱就大声说出来。喜欢她，在乎她，就该为她花心思买礼物。

/2/

我想起一次，一位男读者腼腆地和我说，节日快到了，不知道该送女朋友什么礼物。

我隔着屏幕都觉得开心呢！你想啊，一个男孩子会为了不知道要送女朋友什么礼物而不知所措，那么单纯的样子，真是可爱。

要知道现在很多男孩要么发个520元的红包，跟女朋友说自己喜欢什么就去买吧；要么就是随便买个贵一点儿的包，以为她肯定会喜欢的。这样的情况实在太多了，很多男孩什么都想用钱去解决，觉得这样省事。

相比之下，还愿意为女朋友花心思的男孩子就太少了。

于是我很认真地问他："平时注意过女朋友想要什么了吗？你不知道的话，就去看看她淘宝购物车，还有微博、朋友圈，说不定就知道了。"

他想了一会儿说，最近他女朋友好像迷上了一款口红，但他分不清色号，就把图发给我看。我让他搜一下他那里有没有专柜，后来他就找到了，说等会儿下班就去买，我问："远吗？"他说："不远，只要她高兴，我去哪里都不远。"

你看啊，喜欢一个人，无论怎么你都不嫌麻烦，她就算想要天上的星星，你都会想办法弄下来，弄不下来，还可以给她做个夜空星光瓶。只要她开心，你就愿意去做那些事，哪怕再远、再困难。

因为爱你，我就愿意。

因为是你，我都不怕。

后来他执意要感谢我，我就笑着说："好好珍惜和你女朋友之间的感情，两人相处不容易，一定要珍惜这几十亿人中遇见的点点缘分呢！"

他说我这样的好女孩也一定会找到很疼爱自己的人，我哈哈笑，说

“以后会有的”。

/3/

那天坐公交的时候，八八就睁着鱼泡眼，看着窗外的夜色说：“刚看到一朋友的朋友圈：去年这时候还在变着法儿跟男朋友要礼物，现在那些东西都能自己买了，就是长大了。”

我就说：“这话没错，是成长，但听起来怎么那么酸呢？”

自己能挣钱了，长大了，能买自己想要的东西了。可是你问你爱的人要礼物，他愿意花心思去送你，不是更高兴吗？

自己买的和别人送的，东西虽然一样，但感觉是不一样的啊。因为是别人送的，专门送给你的。

你就该变着法儿问你男朋友要礼物，不管是直接开口要，还是甩链接，让他定期清空购物车，明里暗里艾特他，我就不信他一点都不懂你的意思。

如果你的男朋友连礼物都不舍得送你，不肯为你花心思，你们之间重要的日子都不记得，你生日都只是甩你一个不咸不淡的红包，这样的男朋友根本不够爱你，不看重你，那你们还在一起，留着过年吗？

连送礼物这么有仪式感的事情，男朋友都不肯为你做，还说这些没有意义，说你也老大不小了，别只想着浪漫，这样的男人你就真的别要了。他自私着呢，女人就是需要哄，需要宠，需要浪漫。如果爱情连浪漫都没有，只剩下生活的柴米油盐，那么糙，怎么能过下去啊？

/4/

女孩子呀，其实真的不要你送她多贵重的东西，毕竟二十出头的人都在为未来努力。这时候，她选择和你在一起，本来就不是因为看重你有多少钱，是因为她爱你。钱会挣得越来越多，生活也会变得越来越好，对于她们来说，真正的爱才是最重要的。

所以你爱她，就去花心思了解她到底喜欢什么东西吧，不要觉得送礼物是一种形式，并不重要。哪里不重要啊？你带着礼物，抱着花，走在路上，只为了见她，讨她欢心，当她看到你这么努力地为她精心准备，接过你礼物的时候，她笑得一定比花还灿烂。她那样的笑容，难道是没有意义的吗？

如果这样，你还是觉得没有意义，那我只能说你真的太不用心了，太不懂得女孩子的心，太不珍惜你们之间来之不易的感情了。

恋人之间需要仪式感，仪式感让对方感觉到你的用心，礼物只是形式，但能表现出你对她的真心。

/5/

什么是爱呢？

就是只要是为了你，一切都值得。

没有任何借口，所有的困难都能克服。

爱之所以伟大，就是因为它会让懦弱的人变得坚强，让胆小的人变得勇敢，让刚强的人变得柔软，让迟疑的人变得笃定。

因为爱一个人，真的可以奋不顾身。

你就该变着法儿问你男朋友要礼物，并不是要拿这事去衡量他有多爱你，而是从这些细节里，你可以看到他对你的用心。

我相信真正爱你的人，一定会懂你的心情。

去告诉他，你想要什么吧。

而男朋友呢？快去给她买礼物吧，那就是你爱她的一种证明方式。

希望从今天起，你会活出自我

/1/

经常听到老一辈们感慨，现在的年轻人什么都不会，只会把玩手机和电脑当成他们生活的全部。大过年的，问他们春联怎么写，大部分人都说网上买；问起饺子怎么包，又说用包饺子神器，还可以去买手工水饺。就连十岁的00后，饭桌上都玩起了电子游戏，妈妈在左面给他夹菜，爷爷在右面给他擦嘴。

我不禁暗叹，科技越来越发达，生活越来越智能，人却越来越懒惰了。很久不动笔，心会渐生苔藓；越久不用脑，也会变得锈迹斑斑。

我们这一代不管是传统的文化，还是匠心精神都丢失甚多。我也不例外，家里每年的腌菜、酱菜我是不会做的，晒的干货，如腊肠等我也不会做。逢年过节的习俗记不住，像立冬吃汤圆、八宝粥，头伏吃鸡，三月三吃地菜煮蛋，七月十五前要给逝去的亲人烧点财物，好好祭拜……这些事都需要老一辈提醒。

大概我们的生活里缺失了很多这样的传统，我们的生活被工作、外卖、手机等占满，这既是便利也是人情寡淡的体现，是快捷不费脑也是懒惰不自知的生活方式。

一个人太懒了，身体就会笨重；一个人太爱给自己找借口，就会失去原本很多机会。

/2/

逃避，懒散，挥霍青春，满口谎言，这些原本应该从我们的生活里剔除的负能量，却占用了我们大部分时间。

有的人明知道该独立，可二十几岁还要靠父母养。有的人频繁地换工作，总是挑三拣四，成天抱怨，可生活哪会处处如意。有的人因为情感破裂就一蹶不振，可回过头来发现生活还是那样，只是自己没长大。有的人爱幻想，毕业一两年踌躇满志，可时间一久就原地踏步。还有的人明知要改变，却无动于衷，一拖再拖，最后只剩悔恨。

抱怨生活，其实生活也在抱怨你。你看你神魂颠倒的作息时间，你看你三餐不继后脆弱的躯壳，你看你消磨着最美好的时光却一无所获，你看你感慨别人家庭好、学校好的愤世嫉俗的眼神。

一年又一年，你荒废了夏天，虚度了秋天，浪费了冬天，迎来了又一个苍老的春天。

/3/

没有什么是比20来岁更好的时光了。

梅格·杰伊在TED演讲《20岁一去不再来》里面说："年轻人，不要为你究竟是谁而烦恼，你要开始思考你可以是谁，并且去赚那些说明你是谁的资本。"

社会中许多机会都是从建立关系开始的，不要把自己封锁在小圈子里，要走出去。记住，你可以选择自己的家庭，就算30岁结婚，现在选择和什么样的人交往也至关重要。

如果你在胡乱对待生活，生活也会假以时日全部奉还。

20来岁随便开始的工作，在25岁时后悔莫及。20来岁随便相处的对象，终于在往后的时光里，彼此之间的感情变得拙劣……是不是想想都觉得可怕，可年轻的好处恰恰是有时间改变和创造。

《阿甘正传》里说："我不觉得人的心智成熟是越来越宽容包涵，什么都可以接受。相反，我觉得那应该是一个逐渐剔除的过程，知道什么重要，什么不重要，而后做一个纯简的人。"

明白自己的心，活在当下，找回渐失的传统，不断地修正和改变，而后做一个简单明快的人，或许才是一个年轻人该认真思考的事。

好吃懒做的人是没有好下场的，恰如《笑傲江湖》里说的：各有因缘莫羡人。

我希望你会思考，不是只看到别人的好，要去想为什么别人能成功。别看完文章就抛在脑后，别写满计划却不去执行，别给自己找借口，别说努力无用，好好想想你到底做过什么！

抱怨只会徒增浪费时间的砝码，我希望从今天起，你会做出改变，活出自我。

女朋友想分手的六个瞬间

你和他说完最后一句话，把他删了。然后你会想，究竟是哪个瞬间，你们放开了彼此的手。

·他的心不在焉，让你心里打鼓。

今天周末，结束了一个星期的忙碌，你说想和他去外面吃一顿。他点头，却兴致不高。一路上，无论你说什么，他都淡淡地应着，好像事不关己，兴味索然。

你停下了脚步，他却自顾自往前走。你有点不开心，却摇摇头，努力挤出一丝笑容。

嘈杂的饭店，没有食欲的饭菜。你们在嘈杂里安静沉默，你心里也越来越冷。他就像没看见你的难过和沮丧，自顾自想着那些你怎么也猜不透的事，你的眼神黯淡了。

吃完饭，他没有再牵你的手。那一瞬间，你不想要这段爱情了。

· 他的眼睛里没有星星了。

他有点受不了你的敏感，觉得你怎么可以这么作。他开始加班很晚，你们冷战。你搬出了你们同居的房子，不再给他打电话，他不再和你说晚安。你们表现得像什么事情也没发生一样，很开心地和旁人说笑，却只字不提彼此。

两个星期后，也不知道是谁先主动联系另一方，你们在楼下的咖啡厅见面，眼前的他让你觉得好陌生。你看着他，说着话，他不再回应，他的眼神里也没有星星了。

真的不是你敏感，一个人爱不爱你，你怎么会感受不到？爱情啊，就算捂住了嘴巴，堵住了心口，还是会从眼睛里露出来。

有那么一瞬间，你想分手了。

· 屡次拉黑终成真。

你第一次把他拉黑，下了好大的决心，看着他的头像，犹豫了三天。

你第二次拉黑他，已经不犹豫了，只是告诉自己，别再拉出来。

你第三次拉黑他，没有太多感觉了，觉得他连你把他拉黑都不知道，还有什么意义……

记不清是第几次了，你拉黑了他、删朋友圈、换头像、换封面，然后删他的号码，丢掉他送的礼物，痛哭一场。

然后就真的没有然后了，他没有再回来。

· 他还是忘不了前任。

你无意间看到他的微信，发现他和他前任还有联系。

你用微信搜“晚安”，出现最多的那个人是他前女友。你才反应过来为什么上次陪他看完《前任3》他跑到洗手间待了那么久，是去联系前任了吗？

他洗完澡出来，见你一言不发，擦着头发问你怎么了。你把手机给他，他慢慢不再擦头发了，沉默很久后，他看着你说：“我就不能有点回忆吗？你非要这么作？”

你笑了，那一瞬间，你只想远离眼前这个恶心的人。

是的，你的爱情容不下一粒沙子。

· 你不回头，他不挽留。

你已经记不清你们是第几次吵架，又在因何争吵。他说：“太累了，我们真的不合适，算了吧。”你很想跑过去拥抱他，可理智告诉你不可以。

曾经你们说吵架不过夜，可那天真的吵到心灰意冷。曾经快乐的两个人，现在说说笑笑也能马上翻脸不认人。

那天早晨，你走出门，没带钥匙。你坐在楼下的花园，努力找那个属于你们的家。你以为他会给你打来电话，可他始终没有。

坐了一会儿，你上楼了。那时候，你真的想分手了。

· 爱你已变成一场不愉快的体验。

你和他吃完最后一顿饭，最后一次端详他，思考究竟是什么让你们相处不愉快了。是太多争吵、冷战和埋怨，也是太多数不清道不明的失落。他并不能给你幸福，你也不是他的港湾。

其实回头想想，爱情让你们都成长了，可你们终究不是彼此的归宿。即使你很爱对方，可没有时间去赌、去等了。

你没有哭，没有笑，没有祝福，你的心里很平静。你说："就这样吧。既然我们无法继续，也不能再在一起，分手吧。"

你说完，转身离开。有些难过，有些伤痛，有些不舍，有些憋屈，但所有的这一切都会过去——你终于还是分手了。

为什么越好看的女生，越没人追

/1/

刚上大二的表妹找我聊天，说宿舍里的都有了男朋友，她问我自己是不是太丑，才会没有男孩子追。

我就感到奇怪了，我表妹不丑。身材好，皮肤好，扔哪都不是路人脸，怎么可能没有一个男孩子追？！

我问她："是不是你要求太高，都把人堵回去了？"

表妹说："真没有，我们就吃饭、聊天，然后没什么话说，然后就凉凉了。"

我说："那你们聊什么了。"

"没什么呀，就是对最近一些事的看法，聊聊学业、规划、看过的电影什么的。"

我表妹是一个蛮有想法的人。我问她喜欢什么样的男生，她说成熟稳重，有思想的。那时，我就明白为什么漂亮的表妹没有人追了。

因为在她的身旁还没有出现一个能和她畅所欲言的人，或者说，同龄的男生对她来说还资历尚浅。

说起来也挺巧的，那次吐槽后，表妹参加比赛就认识了一位谈吐不凡的男生，他们变成了朋友，从彼此欣赏到喜欢，很自然地在一起，没有谁绞尽脑汁去追求谁，有的只是相互吸引和珍惜。

表妹说："原来好的感情并不需要做过多的事啊！"

/2/

我有几个读者也说过同样的现象，说身边好看的女生都没人追，反倒是那些长得一般的女生追的人可多了，要不了多久就有对象了。

一个女孩被人追是件高兴的事情，那说明她受欢迎。可要是同一个姑娘被很多人追就不一定是好事了。

被很多人追，也许不是这个女生多漂亮、多优秀，也许只是因为这样的女生，在男生看来很好追。

这样的女生，男生不需要下多少本，就能赚回来。不需要为她花多少心思，甜言蜜语哄两句，就追到手了。不需要带她去外面的世界，不需要想尽办法讨好她，只需要告诉她："嘿，你很漂亮，做我女朋友好不好？"

她就会点头答应，和你在一起。

但这就好比超市里免费送的饮料和对方花钱、花时间挑选的红酒，你是喜欢送的饮料还是精心挑选的红酒呢？

好看的女生在他们看来就像红酒一样太难挑了。而且很多时候都觉得对方这么好看肯定有对象，追也没戏。在小机会成本、高回报率面前，好追的女生当然更吃香了。

可这些，精明的男生才不会告诉你。

/3/

其实男人一直是把这个世界的利弊得失想得透彻的人。今天看到一个姑娘觉得没有难度，就开始进攻和追求她。明天看上一个稍微有魅力的人，又蠢蠢欲动。

有的男生追求一个女生，并不是因为爱她，仅仅只是因为他想赢，他的自信心不允许他拿不下那样高傲的女人。

还有的男生追求一个女生是在算一笔账，他盘算着自己有多少筹码，需付出多少时间和精力，才能收回期望和感情。在这样自以为是的公式里剔除“好看难追”的女生，“好看有点难追”的女生，直到降低标准到“长相一般，身材一般，工作一般，什么都一般但好追”的女生。给她一个公主的奇遇，给她未来的幻想和希望，让她平淡的世界里因为有他而不同，慢慢地就追上了。

因为他知道这样的女生，才是他付出的最小代价里的最高回报。

这就是现在为什么越来越多的男生都不追女生的原因了，因为高成本、高风险、低回报的好看女孩，并不值得他们冒险。

/4/

网易云音乐里有一条评论我非常喜欢：“如果有很多异性追求你，那你首先要做的就是反省自己：是不是自身不够优秀，才会让那么多人有自信去追求你。而不是沾沾自喜地以为自己很受欢迎，原来自己很优秀。”

所以姑娘，如果被很多人追，也许说明你的门槛低，让太多男人不费力气就轻松到手。

而好看的女生就难追多了。因为她们不仅外表美，骨子里还很精致。她们不会在乎一个男人三天两头和她们说的“早安、晚安”，不会在乎男生们临时抱佛脚送的礼物，不在乎那些她们早已看透的花招和套路里的虚情假意。她们要找的是和她们旗鼓相当、同样聪明有趣的人。

她们要的是既有颜又有品，还很懂她们的成熟伴侣，她们要的是不仅口袋有钱、心里有数、脑子里还有料的高级男人，同时那些男人还能给她们更开阔的眼界。

所以啊，好看的女生要自信，自信是一个女人最大的美。你没有人追，只是因为你身边没有一个人入得了你的眼，你可不能放低身段，去迎合那些眼光只有你的头以下、腰以上距离的男人。

而且长得好看又万里挑一的你，何必羡慕别人的爱情，那些好追的女生和追她们的人也就那样了，比起丑丑的爱情，单身、有颜、有趣更好，而且好上10000倍好吗？！

最后，长得好看没人追不是很正常吗？因为太好看、太优秀了，别人追不上呗。

优秀才不需要解释呢！

二十几岁，从恋爱中获得的经验

/1/

我发现现在的小年轻，真的不会谈恋爱了。十几岁时，没对象，二十几岁，没爱情。

前段时间，一个男生跟我说他女朋友是个疯子，不仅监视他的微信聊天记录、朋友圈、微博，还要知道他一个月给多少人打过电话。

他是做商务的，时常出差。每次出差，他除了给领导报备一份日程，还得给女友弄一份，每天睡前雷打不动要给她发“晚安”，出门要发定位给她。有一次他太累忘了，第二天一睁眼，女友差点没把他手机打爆，200多条信息，20个未接来电，QQ、微信N条语音。

他看到感到很烦，给女友打电话，刚想对她说抱歉，那边就对他一顿数落，说他自私，让人担心，她一晚上没睡。

他对女友说：“你什么时候这么敏感，知道这样对我压力有多大吗？”

想不到女友回他：“我那么关心你，你还骂我，你真的一点都不爱我！”说完便哭起来。他真的不知道该说什么，强忍着自己的情绪，安慰了她一会儿，挂了电话。

那时候他的心里只剩下一个字：烦。

说实在的，我隔着屏幕都能感觉他对这段感情的低气压有多重。

后来他跟我说太累了，分手了，希望以后找一个理智一点，不看那么多公众号文章的姑娘。

他只想要简单的爱情。

/2/

哈哈哈，我差点要被他的最后一句话笑死。大兄弟，不带你这样砸饭碗的啊！

说说我对这事的看法吧。

我觉得男生这样已经很不错了。能够长期接受女朋友监视微信聊天、朋友圈、微博，这本身就是一种很大的信任。就是因为心里没鬼，知道这样做不会怎样，才给女朋友看的啊。

这个时候女生还要逼着出差工作的男友，每天给自己发晚安、发定位，就有点过分了。我理解女生患得患失的心情，也知道她是很在乎一个人，才想知道他的近况。

可是，他既然都可以把手机里的隐私给你看，你还要怎样啊？所以你要做的是相信他，多给他一些空间。有时候，太爱一个人，终究会用力过猛，适得其反。

/3/

我不知道现在女生看多少公众号文章，但据我所知，公号洗脑文确实存在，还不少。这些文章要么教男孩子套路女生，要么要女孩子找把自己宠成上天，宠成女儿的男人，要么就是教你如何经营婚姻。可它们大部分标题和观点都特别绝对。就像：

“他爱不爱你，看这几点就知道。”

——爱一个人看几点就知道了？那还用得着谈恋爱？

“他不秒回你，就是不爱。”

——秒回消息，也不一定是爱你啊！

“会这样宠女朋友的男生才能嫁”“他爱你，会不远万里不辞辛苦坐28小时硬座来看你”“他爱你，就算洗澡也要擦擦手回复你”“他爱你，就是给你花钱给你买你想要的一切”……

——他不爱你，就是上面的都不会做。

然后很多妹子就当真了，觉得男朋友不主动找她，就是不爱她。洗澡不回复消息，就是不爱她。睡觉不和她说晚安就是不爱她，不买她喜欢的东西就是不爱她……

我很纳闷啊。

宝贝，万一你男朋友就是个不喜欢聊微信、不爱打电话的人，就是个没有说晚安习惯的人，就是个洗澡不爱被打断的人，就是个还不知道你喜欢什么，你自己也没说过的人呢？

一个人爱不爱你，要用眼睛看，耳朵听，用心灵感受。不是一句话没说，一件事没做到，他就不爱你啊！

他爱不爱你，只有你自己才知道。

别人知道什么啊。

/4/

很多人都说：二十几岁，我还谈不好恋爱。羡慕父母那一代，牵手就是一辈子的爱情。

可你们有没有想过为什么谈不好恋爱，为什么不会与爱的人相处，为什么父母那代的感情就特别简单。

为什么？因为从前没有那么多套路，大家都是真心交往啊。喜欢就在一起，不喜欢就说清楚，祝福彼此。哪有现在这么多花花肠子，不喜欢还吊着对方，不喜欢对方还享受别人对自己的付出。

而且女生特别容易当真，也特别敏感，看着公众号里说的，就觉得自己的男朋友对自己不好，就开始作。其实说实话，每一个作者，作为文字创造者都有他自己的三观，他会遇见什么样的人，做出什么事，只有他自己才知道。

不是他做了，你也可以那么做。你可以赞同、支持，但他只是把经验和方法教给你，而你要不要学着做，取决于你本身。

/5/

虽然公众号文章教你谈恋爱，但要把恋爱失败全怪在公众号上，就不合适了。

还是那句话，不要把公众号学来的爱情套路作为你恋爱的唯一准则。真诚，比什么都重要。

而且就算是套路，也是别人走过的路。你可以参考、借鉴，但绝不可盲从。你不是他，他也不是你。

爱一个人要套路吗？要，但这套路的前提必须足够喜欢和真诚。你可以记录他的爱好，他喜欢的一切，慢慢变成他喜欢的人。

最后跟男生说几句：

你的女朋友在乎你，对你作，有时候她是不懂事，患得患失。但你如果知道她这样，还对她不闻不问，就是你的不对了。你要及时给她安全感，实在有事也要在忙完之后第一时间打电话给她，永远不要让爱你的人太担心。

也想对女生说几句：

别总是用公众号、电视里，从别人男友那里听来的话、看来的事，去要求你的男朋友，有时候那些并不一定全部适合你们的爱情。毕竟他爱你，你一定看得出，感觉得到。不要总是一味索取，两个人在一起相处，就是要互相体谅。学会站在不同角度分析和思考问题，学会分辨和拥有自己的主见，这才是你在一次次恋爱中要学会的东西。

世上没有多少100分的人，只有两个50分的合适的人。所以，遇到合适的人，牵手了走在一起的情侣，就要互相珍惜，别觉得你们以后的路很长，时间一晃就过了。

好好珍惜眼前人，余生，请多指教。

我也是第一次做你女朋友

/1/

老实讲，我以前脾气很糟糕。小的时候任性骄纵，不可一世。我爸也常说“脾气得改改了，不然真的没人要你了”。

以前真的挺不以为然的，觉得爱一个人，就会包容那个人的全部，包容不了，就是不够爱他。所以直到很久后，我依然肆意妄为，发脾气的时候男朋友什么都不说，他可以容忍我甩脸就走的行为。后来，我才知道曾经的他对我有多好。

我总会想起他心里好气，可就是不忍对我发脾气的样子，也总会记得他默默等我气消，明明眼睛都受伤了，还是因为放不下我而主动找我道歉。

大概爱一个人就是这样，你喜欢他，你就甘愿忍受他的坏脾气。

可那时的我骄傲得像个公主，把他对我做的一切都当成理所当然。我迟到，他必须等我，不允许他迟到；我没空可以，但他必须为我有空。都说人是会变的，就像升上高空的热气球总有燃料耗尽的时候，热水过了沸点，温度也终究无法再攀升一般。

感情也是如此。如果一方总在付出，而另一方总是索取，再爱一个人，都会感到疲倦，最终都不想爱了。

那时的我，还不懂爱，不懂包容。后来经历了很多，才懂得爱情是两个人的事。一如我从未为他做过什么，又怎能像强盗般抢走他所有的爱。

所以直到分手，我都是他失败的女朋友。

/2/

我见过很多爱情。

有从学生时代一路走过高考、大学，终于修成正果，嫁给初恋的爱情。有一方苦苦追求，被追求的人高高在上，施舍下怜悯的橄榄枝，却在一两个月的厌倦里撒手而去的苦恋。

我曾经在阳光的阴影里问过嫁给初恋的女孩，到底怎样让爱情保鲜让两人磨合了九年，还是没放开彼此的手。

她只是笑笑，淡淡地说："宽容与理解，陪伴与忍耐是爱情永恒的真谛。我们大学时候异地，有时我真的很需要他在身边，可他不在，那个时候我很想作，很想发火，很难过，觉得自己有男友，还跟没有一样。可我都忍了，因为我很爱他，非常爱。我知道他总有一天会到我身边，给我全部的爱，让我安心。"

我不知道他们恋爱的细节，只是从朋友的口中听过男生对女生是真的好。他会抽出时间去她的城市，甚至一放假就推掉所有聚会，和她在一起。

他们彼此珍惜，一辈子就谈了这一次恋爱，就认准那么一个对的人。

“从第一次答应做他女朋友的时候，我就打定主意，这辈子都会好好努力和他在一起，不管怎样，都不想错过这个人了。”

他们就这样分分合合、失落、高兴……九年后，他们领了证，在红红的小本上露出两口洁白的大牙，那两双闪亮的眼睛里全是爱。

钢印代表着他们坚贞不渝的爱，他们之间的恋情成了别人口中的佳话。

可哪有那么多喜欢和爱啊，还不是为了彼此，磨成了最好的样子。

/3/

我看过一组漫画：慢慢变成你喜欢的样子。

方块A和方块B玩得很开心。可方块A突然想去远方，于是抽身离去。

它跋山涉水，走了很远，遇到了圆圈，它和圆圈在一起很开心，圆圈总背着它去各种地方，可方块A从未体谅圆圈的累，依然吵着要去更远的地方。圆圈觉得方块A不适合自己，于是离开了它。

方块A又一个人踏上了旅程，它遇到一个缺角的圆，这一次它学会了忍让，缺角的圆告诉它自己受过很多伤，方块A很想好好爱缺角的圆，就把自己的角切下来，分给它，让它成了一个完整的圆。可圆完整后，就离方块A而去了。

方块A牺牲了自己，却没能得到爱。它失落而艰难地前进，渐渐对爱情失望，每走一步，角就痛得磨圆一点。也不知道过了多少年，方块A差不多忘记了曾经的自己，变成了圆。

后来，方块A遇到了和它一样跌跌撞撞磨圆的方块B，它们又走到了一起，再也不分开。从此以后，它们一起浪迹天涯。终于不再孤单。

/4/

喜欢陈升的歌曲《不再让你孤单》里的一句词：路遥远，我们一起走。

是啊，我也是第一次做你女朋友，以后还有那么多路要和你一起走。所以，你可不可以再体谅我一点，再宽容我一点，再爱我一点，让我慢慢懂得，爱是什么？可不可以让我更清楚地了解你的脾性，你的想法，你的世界，对我不要隐瞒？可不可以在我失落、难过、闹肚子的时候，不要只说一句多喝热水？可不可以在我高兴快乐的时候，抽点时间听我说话？可不可以有空多陪我，放假多理我？在生日、过节的时候，不用带我去吃大餐，哪怕送我一首小诗，我都会很快乐。

我也想好好做你女朋友，在你忙、你累的时候安慰你，给你依靠，会记得你对我所有的好，会宽容对待你，会克制自己的脾气，会变得温和，会体谅你，会努力学习跟上你的脚步。因为我想和你一直在一起。

请原谅我的胡闹、莫名其妙，请包容我的神经质、不自信，没有安全感，因为我爱你，真的很爱你。

/5/

我真的很努力为你成为更好的人了。

就像《生活大爆炸》里说的：粒子从宇宙诞生之初就存在世上，是它造就了我们。我常想那些原子，用140亿年穿越时间和空间来创造我们，好让我们能相遇，使对方变得更好。

说不清为什么喜欢你，但你就是我不喜欢别人的理由。

你的名字就那么几个笔画，可是早已深深刻在我的心里。

我看的书，那些温暖如春的句子里，都是你的脸。

一想到要去见你，我就满心欢喜。

我怕是中了你的毒，我是真的想和你度过余生的！

我想走进你的世界再也不出来。我想做你的枕边书，怀中猫，意中人。

我也不要完美先生，我只是差不多小姐，谢谢你那么久以来给我的包容和爱。这一次，换我来爱你。

西瓜中心最甜的部分给你，情书给你，辗转反侧给你，星星给你，月亮给你，手给你，心全给你。

两个人在一起就是要互相迁就和包容，我也是第一次做你女朋友。

原谅我，这个不太完美的女朋友。

PART 2 你受过的委屈我都懂，你做的一切都值得

那些当初受过的非议，那些曾经尝过的辛酸，那些过去承受的误解，终将有一天以另一种方式丰盈我们的生命。朋友，你受过的委屈，我都懂！所以，也请你相信，你做的一切终会换得人生美满！

你那么独立，一定从小就没人疼吧

/1/

长大后，时常听人说“太要强的姑娘活该没人疼”“你那么独立，一定从小没人疼吧”。于是，小小的心脏就被狠狠戳了一把，你开始委屈难过，扪心自问：是不是自己真的太独立了？

可是，当我们离开父母，只身在外，生活里所有事都只能自己迎面解决的时候，哪怕风里来、雨里去，天上落刀子，地上是沼泽，也只能义无反顾，一个人咬牙扛住。

因为没人疼，我只能要强和学会独立啊！

我也没人宠，不期待有人哄。

/2/

有一段时间，我去看嘉嘉，她是我大学室友，毕业后一直留在大城市。

我到站的时候天黑了，她一袭长裙从浓重的夜幕里向我走来，然后领我回家。坐上车，也不知过了多久，她笑着说：“以前一个人坐，总觉得时间很漫长。”

我的心就在摇晃的车厢里一点点涨起潮水。

窗外，昏黄光景一逝而过，无数车辆忙碌地塞满每一个街道，晚归的路人，麻木疾走，路旁的霓虹灯闪烁迷离，好像永远不会熄灭。

城市很大，心却很小。我们都长大了，再也不会在人群里放声大笑，嬉戏打闹。

我们用沉默对抗孤独，拿安静代替焦虑，攒着手里辛苦挣来、为数不多的票子，盘算着又一个明天。

二十几岁，什么也没有的年纪里，有的只是年轻和一腔热血，希望和一身傲骨。

如果身边没人撑住我，我就撑住我自己。

/3/

一小时车程，到了她遥远的家。上楼时，她回头朝我笑道：“我这儿人多，自建楼，你别嫌弃啊。”

我默默摇头：“不会的。”

房门在地面划出了好看的弧度，我看到整齐明亮的房间。

“挺不错的。”我说。

她就摊摊手，说：“其实，刚来的时候，满眼白灰，一个空屋，什么都没有。”

“床也没有吗？”我吃惊地问。

“没，来的第一天，我放下行李就买了二手床，再花钱找人搬。”她镇定地看着我，“住这里，就图房租便宜，家具都需要自己掏钱买。想舒服点就买电视，装空调。可我舍不得啊！我只想多存一点，给爸妈买点好的，回家过年。”

我问：“没找人帮忙吗？”

她倔强地摇头，别过脸说道：“不想麻烦别人，大家都很忙，也不想多花钱，能自己办了的就自己办了，都是这样过来的。”

我突然就很心疼，记得读书那会儿，我们还什么都不会，衣服要去洗衣房找阿姨洗，周末同学出去兼职，我们也不跟着一起去。

现在的她在我面前，身体还是那么瘦，却拥有了好多力量，变得更加坚强。

我看着她娴熟地在巴掌大的厨房挽起衣袖，烧菜做饭，再也没有从前的娇气，她对我笑：“等着，给你做好吃的。”炊烟袅袅升起。

“一定要好好的。”我在心里轻轻说。

/4/

记得很早以前，我做新闻采编，有一组漫画让我难忘，笔者画的是在大城市蜗居的单身女孩。

刚刚毕业，她租小小的房间，煤气要自己扛，水桶也是咬着牙自己搬到家。她饿了，不会和别人撒娇，只会自己买菜做饭。她生病了没人照顾，也不打电话向家里诉苦。她会时常担心自己的安全，她会买一些男生的T恤衫挂在阳台，放一把剃须刀在浴室。也会在门口摆一双男士拖鞋，伪造出有男人同居的假象。她也在工作忙到昏天黑地之后，一个人倒在房间，没来由地大哭。

看着那组漫画，我心里好难过。

她哭着说："好累，我一个人好累。可是没有人疼我，我只能坚强啊，我只能一个人把工作做好，把生活过好。"

我想到曾在朋友圈看到的：

"一个人搬家真的比上一星期的班还累。"

"我再也不会深夜去求别人安慰，每个人都不容易。别说拧瓶盖了，我现在强大到消防栓都拧得开。"

"有时候我也想撒娇，也想当小孩儿，可身边还没有那个人啊！我一个人，只能一个人解决所有事情。"

没有人疼我，我只能一个人坚强，一个人逞强。

/5/

我也想有人陪我，宠我，把我溺爱上天，让我可以什么都不想，一心一意爱着他。

我也想踏踏实实跟在他身后，带着崇拜的目光。像个小女孩，对他撒娇，和他耍小脾气，什么都不管，疯疯癫癫去撒野。

可是，还没遇到这个人啊，我就没有资格软下来。

我只能筑起坚硬的壳，当面对阻碍，还能乐观告诉自己：没事，我能行，我能把自己照顾好！

我一个人难受也能爬起来去买药；我一个人没带雨伞也能淋雨走回家；我一个人能挣钱买我想要的东西；我一个人也会哭。也想要人陪。累了，也需要一个大大的拥抱。

你能看到所有我坚强背后的脆弱吗？

/6/

其实长这么大，最怕听到不了解的人看似漫不经心一句“你一定很要强吧”。

就像暴露在空气中，一下子被突然抓住的软肋，瞬间让自己哑口无言，欲言又止。

你只能略带哭腔却还微笑地点点头说：“对啊，我就是要强，不可以吗？”而没说出口的才是真相：只能要强，外面没人疼我。

所以啊，很苦、很累、很难过的我们学会了隐忍，在那个小小的房间里，只身闯荡险恶世界，怀有希望和热情编织着自己的梦想和未来。

可我多希望有个人，有个对的人，能看穿我所有的坚强，不过是故作逞强；我所有的努力，是在掩饰内心的脆弱；我所有的强大，在他面前都不堪一击；我所有的温柔，都想只留给他。

那个对的人，无论你在哪里，请你找到我，看穿我的坚强。告诉我“以后别这么傻，我疼你，我宠你，我爱你”。

让我卸下那副伤痕累累的躯壳，安心地投入你的怀抱，把自己最真挚的感情都给你。

不想当混世小魔王、要强女汉子了，只想做你怀里的小公主。

愿你独立到可以不要人宠，不要人惯，却依然幸运到有人疼，有人爱。

把你的好，留给那个真正值得的人

/1/

你会不会有这样的时候：

看着手机，盯着那个人的头像，一遍遍刷着他的朋友圈，距离上次和他说话已经好几天了，可是小心翼翼点开了，聊天框里还是你几天前的那句“晚安，我睡了”。

心里就像熄灭的蜡烛，一点点暗了下来。原来，他真的不在乎，原来，你的一句晚安换不来他的一句好梦。

很多人说，你主动一点，说不定我们都有孩子了。可是总是我主动，是没用的啊。当所有的主动都明显得不到对方回应，再主动在他看来都是多余。于是开始不再关注，就没有以后了。

他想不起你。

你跟朋友说，你不等了，等不到了。

朋友安慰，他也许很忙呢。

是啊，其实我们每个人都很忙，忙着工作，生活。可再忙不会忘记吃饭，上厕所，睡觉。再忙不会不看手机一眼，不关心外界一点动静，不会忘记给在乎的人回个信息，打个电话，再忙不会不见她。

我很忙，但我愿意为你有空；你很忙，但你对我没空。

因为你在乎的人不是我。

/2/

西瓜跟我说，她真的要放弃了。我问她怎么了。她说远距离恋爱，真的比想象中困难。

一年前，西瓜和大熊大学毕业，他们没有像大部分的校园情侣一样，毕业就分手。当时我跟西瓜说：“等着你们的喜糖哦，一定要幸福。”西瓜腼腆地笑着回答我：“早着呢，不过我们会幸福。”

毕业后，西瓜留在了家乡，大熊被一家外企录用，去了北京。送大熊上火车那天，西瓜哭了，她说：“大熊你不能去了北京，就只看大街上光腿的美女，不给我打电话、发短信，不能把我忘了，不能不理我……”

西瓜重重地点头：“不会的，我的祖宗。”

后来，西瓜做了份清闲工作，大熊开始了他的青春奋斗史，西瓜一有空就跟大熊说工作和生活上的趣事，如附近新建的幼儿园，家乡越来越好等。

而大熊，在开始时总逗她，说“以后咱们生个胖小子”“看着你工作轻松就好”。后来，他回西瓜消息回得很慢，有时工作忙起来，好几天才给西瓜打一通电话。西瓜说她理解大熊的辛苦，但对于自己在乎的人，总是得不到他的回应，心里的失落也能让人喘不过气。

他们说话的次数渐渐少了，有时候说了第一句话，彼此就陷入沉默。西瓜以前会接到大熊的视频，后来，大熊觉得难过，因为视频也找不到西瓜。西瓜病了的时候，大熊也不能来身边陪伴。而西瓜发出的消息，大熊总是隔了很久才会回复，两人的心不知不觉疏远了。

西瓜哭着说：“不知道为什么，明明很在乎，却又很难过。一次次失落，让彼此都动摇了。”

后来大熊给西瓜打电话，他说：“西瓜，其实我很想爱你，很想和你在一起。可这里有我的梦想，有我的未来，我……”

西瓜沉默了很久后，只说了一句：“好。”

挂了电话的西瓜抱着我，哭得撕心裂肺。

这一切，我都懂。

年轻的我们总以为两个人在一起有爱就够了，却从来不知道，如果爱总是得不到回应，彼此的生活再也没有交集，两人只能越走越远。

那些得不到的回应就像夜空里失联的航班，放在冰箱没喝完就过期的牛奶，起风的时候吹来的蒲公英碎末，波澜不惊的湖面陡然漾起的波圈。

我的敏感，你不懂，我的在乎，你不在乎。

/3/

是什么时候，爱着爱着就散了。发出的消息，总是时过境迁才有了回复。

一次次按亮手机屏幕，就是没有你的消息。一遍遍打你电话，嘟嘟响到它自动挂掉。睁开眼一想起你，却发现再也不在身旁。

我很爱你，很想继续爱你，可也爱不起你，无法再继续主动地爱着你。喜欢，是为你做什么都觉得值。绝望，是无论我做什么，你都无动于衷。

失望是一点点累积的，离开也是思虑很久之后才做出的决定。

其实每失望一次，我就少做一件爱你的事，直到最后把你的备注改为全名，取消特别关注，上线不主动找你，丢掉你送我的东西，一张张删除了我们的照片，答应自己再也不去关心你，主动找你了，就是该说再见的时候了。

你知道吗？我爱你，爱到不想再爱你了。

/4/

想和你聊天的人，昼夜朝夕都会在。

想送你回家的人，东西南北都顺路。

想陪你吃饭的人，酸甜苦辣都爱吃。

想真正见你的人，再忙也为你有空。

爱你的人，你怎样都爱你；不爱你的人，你怎样都不爱你。不合脚的鞋子，脚不舒服，就丢了。不合适的人，心不温暖，就放下。

人总要学会慢慢成长，谁年轻时没爱过几个人渣，没碰过几个闹心的人。爱就勇敢去爱，不爱就洒脱离开。你总以为没有了他，自己的世界就会崩塌，可其实，没有谁离开谁，就真的活不下去的。

你那么珍惜他、爱他，可他不在乎你、不理你、不会想起你了，又何必继续在意他。

人穷其一生，就是要找一个懂你、爱你、珍惜你的良人。你要相信，总有一个对的人，在前面等你，总有一个合适的人，在未来找你。他会陪你熬夜，在下雨时去接你，在你生病时照顾你。陪你吃晚饭，早上醒来给你做早餐。他会爱你，穿过时间和空间，去温暖你、保护你，一辈子珍惜你。

不爱你的人，就别等了，别再为他熬夜、为他伤心了，别再说了分开又回头。你最没出息的是为他哭得像条狗，你最酷的是说分手就分手，干净利落得像个刽子手。

最好的总是后来的，去把你的好，留给那个真正值得的人吧。

这一次就放手，等不到他，就不等了。

你妈不知道你一支阿玛尼300元吧

/1/

以前有次和男朋友逛街，他问我：“你买完衣服会跟你妈报实价吗？”

我听了差点没把头摇坏，和他说：“衣服永远说是打折过季买的，包包永远说是淘宝的二手货，至于口红、化妆品更是赔钱货，最多50元。我要是敢告诉她，她一定会对我说：你怎么花钱这么厉害？”

我真的太怕这样的质疑了。以前以为这样不报实价是对的，可有次看一个博主直播后，彻底改变了原来的想法。记得那时候她说：“其实爸妈是最好哄的，你出去玩晚了没回家，要是怕妈妈生气，在路边买个小发圈给她，她都超开心。真的，没有比爸妈更好哄的人了……”

那段话把我深深刺到了，因为长这么大，我都从没认真哄过我妈。

想想也是，读书时用着他们的钱，工作了也没为他们买过多少东西，发了工资想的永远是，自己去哪里吃，去哪里玩，买什么新款的衣服、鞋子，打扮漂亮，却没为妈妈买过什么，哄她开心。

妈妈也曾是个闪亮的少女啊！

/2/

我有个远房亲戚，无房，三十多岁，都市典型啃老族。工作他爸帮忙找的，房子他爸买的，现在生了孩子，也是父母带。他呢，依然潇洒度日，喝茶、看球、打高尔夫……虽说没问父母要什么钱，可也是父母帮他承担了大部分经济开支，孩子奶粉钱是父母挣的，车险是父母买的。从小到大，就没看过他给我送过红包，逢年过节的时候，还好意思问我爸要压岁钱。

听我妈说，他爸身子骨早不行了，六十好几的人了还天天工厂、办公室两头跑，愣是不退休，他怕自己走了，儿子被欺负。

可这个孩子似乎当了父亲都还没体会到父母的辛苦，依然好吃懒做，依然把自己当成宝宝，问父母要钱，甚至把自己养育下一代的责任也转移到了父母的身上，变成了一只“吸血鬼”。

我去过他家几次，每次饭桌上不是说和朋友喝了1982年的拉菲，就是说赌马、看球的事情，还有哪家饭店好吃，哪个地方好玩儿。

看着他的父母日益老去，身体每况愈下，他还是玩世不恭，在他的世界里做“末日皇帝”，我心里就觉得悲凉。

/3/

有时候恩情这种东西不是看电影、电视剧，看到别人的故事才哭得稀里哗啦，感到惭愧的。

听过一句话：你现在所有的轻松，都是有人在替你负重前行。

而父母就是从你出生到现在，为你负重前行的人，不管路有多艰辛，都做你的避风港。你想飞，他们都愿意成为你的翅膀。

还记得2017年8月九寨沟地震的时候，妈妈说她看了一篇文章，文章里写：发生地震的时候，一位妈妈一直不间断联系自己的孩子一个晚上，尽管电话打不通。

我妈捂住胸口看着我说："你知道吗？当我看到那些新闻的时候，就觉得文章写的就是我这个当妈的，你电话打不通的时候，我也是那样担心你的。"

那时我的心里不是没有感触，只是不知道该怎么表达。

想想一路成长，父母为我们做了多少。

你出生了，他们养你，别的小朋友有小汽车、布娃娃，爸妈都会省钱给你买。

你读书了，他们又开始操心你的成绩，从幼儿园开始就不希望你成绩落后，每天辅导你写作业，给你做饭补充营养，自己不会英语都跟你一起学。

青春期的时候你叛逆，一次次幼稚地和他们吵架，赌气不回家，可妈妈还是会带件衣服，再晚也要去找你。

再后来你成家，他们怕你辛苦给你攒钱买车、买房，再后来他们老了，这一辈子不指望你为他们做什么，说老了就去敬老院。

可能你这辈子，也真的没为他们做过多少。

每个父母都是如此，为着子女奉献一生。只是，大部分的子女都明白得太晚。

妈妈不知道你一件衣服800元，她只想知道你穿得暖不暖。

妈妈不知道你一支口红300元，她只想知道你买的这些对身体好不好。

妈妈不知道你每个月花多少钱，只会在你不常联系的电话里问你："钱够花吗？"

朋友今年当了妈妈，她跟我感慨：终于在为人父母后，明白了父母的爱。我问她："那现在知道为什么要对自己的孩子好了吗？"

她说："那是我的孩子，我还有什么理由不对他好？"

父母也一样的，**他们永远无条件对你好。**

/4/

当然我不希望看到"父母苟且，你炫耀诗与远方"的样子，我也不喜欢"你把他们的爱与包容都当成理所应当的"。

一个成年人应该记住每个人对他的恩情并学会珍惜和回报。不管是父母、同事、朋友还是陌生人。他们都或多或少在你需要帮助的时候给你帮助，在你需要温暖的时候给你温暖和陪伴。

没有人会理所应当对你好。即使是父母，也仅仅是因为他们爱你，非常非常爱你。

别再觉得别人爱你是理所应当了。他们也需要你的爱，需要你的关心陪伴和用心呵护。

一句话，一首歌，一个拥抱，一声“妈妈辛苦了”“爸爸我爱你”都让他们感动到泪流满面。比你送她3000元的包都开心。

是时候用行动告诉他们：你的孩子很棒，很努力，很爱他们，也是时候让自己成为他们的依靠了。

对爸妈好一点，有些情分，有今生，无来世。

或许我永远都无法忘记龙应台那些献给父母的话：

“我慢慢地，慢慢地就了解到，所谓父女母子一场，只不过意味着，你和他的缘分就是今生今世不断在目送他的背影里渐行渐远。你站在小路的这一端，看着他逐渐消失在小路转角的地方。而且，他用背影默默告诉你：不必追。”

所谓父母，就是那不断对着背影，既欣喜又悲伤，想追回拥抱又不敢声张的人。我最后才明白，没有人像父母那样，爱我如生命。

有些话，有些字，有些感情，年轻时候读不懂。只有经历过岁月才能明白，才能反复在那最柔软的心脏里留下痕迹。

你该长大了，别再让他们替你操心，替你劳累了。从现在起，努力成为他们的依靠。

父母是什么？父母就是我这辈子说什么，也再不会放弃的两个人。

我希望温柔的你也是。

听说你想做一个月入过万的自由职业者

不知从何时起，流行自由职业，大家都想躺着赚钱。很多年轻人想也没想，破釜沉舟也要做自由职业者。

结果往往不尽如人意，除了少部分人成功以外，绝大多数在体验了所谓的自由后又回到原点，继续为他人的公司工作。

所以这篇文章想说的，就是辞职前，你想实现自由前，真的明白自由职业的本质吗？

/1/

自由职业相当不自由。

“你所想的自由根本不自由，甚至拥有层层枷锁”，这是经历了大半年自由职业的我最大的感受。

去年九月，我辞去稳定工作，决定看书、写作，那一刻起，我的大脑一片空白。

坐在回家的公车上，看着身边打电话、谈公事的人，觉得跟他们已经不在一个世界了。我不知道你明不明白那种感受，当你真的有一天没了工作，再也不用早起去公司打卡，工作到12点吃饭，不再坐在格子间与每天待8小时都熟悉不起来的同事相处，当这一切真的到来的时候，你不会高兴，反而心慌到手足无措。

真的。

生活的压力接踵而至。吃饭怎么办？房租、水电费怎么办？那时我的经济来源只有公众号，写文章赚不多的稿费，靠着喜欢我的读者打赏。我记得在最初的两个月，所有收入都不足以支付一个月的房租，那时我深深怀疑自己的选择。

这就是真相，自由职业者不是躺着赚钱，是躺着、坐着都焦虑担心，前途未卜，过得很糟糕。

说这些不是打消你的积极性，只是以最真实的过往告诉你，这条路不容易。

你可能会面临：

工作收入不稳定，时常一个月都是0，在吃老本。

生活品质下降，捉襟见肘，不敢在外边吃饭，不敢打车。

前期辛苦无回报，不知未来如何，艰难地抉择与前进着。

生活上，没有了工作和公司的归属感，你会有些脆弱。

精神上，焦虑，轻度抑郁，造成内分泌失调。

社交上，沉浸在自己的工作里，与社会脱节。

想过这些问题之后，你确定你能承担自由职业给你带来的后果吗？

你能解决这些问题吗？

所以任何时候都不要轻易下决定。

/2/

自由职业要求更多。

自由职业不是不工作或工作轻松，反而对人的要求更高。你必须有脱离工作足够生存的一技之长或多种技能，写作、画画，唱歌、演讲……闻道有先后，术业有专攻，还需要十足的资本、人脉、圈子的累积。更重要的，它是对一个人自身的双商、判断力、决策力、执行力等综合能力的考验。

自由职业者必须非常自律且长期坚持工作。“自由”的意思是工作地点、时间不受限制。即在家、咖啡馆，甚至大街、高铁、飞机上都能工作。

而时间上的自由，是没有上下班时间，不限定任务的起止时间。但这只是没有上级或他人的限定，不代表任务本身没有时限。所以回到本质，自由职业是时间、地点别人不干涉，一切全凭你自己决定的工作。

说白了，它绝不是不工作，而是为自己打工。什么时候开始，在哪里做，今天要完成多少，等等，全要你自己做规划，没有其他任何人帮助你。

而这些事没有强大自律精神的人是做不到的。每个自由职业者都会有他的日程安排表，任务计划的最后期限，他必须是一个时间高效管理者。

我很多同是作者的朋友，除了自己的工作、业余写公号外，还要买菜、煮饭、带娃。听完他们的日常，我真是受到惊吓，人家每天五点起床，码完字就去买菜，七点给宝宝做饭，送完孩子，自己在家又看书，准备其他项目。

如果不做时间管理，根本做不到这么多的事情。

有句话怎么说来着，最怕努力的人越来越优秀，更怕优秀的人，比你还努力。

/3/

自由职业大部分是斜杆青年。

就像上文提到的朋友，除了工作还要做自己喜欢的事，承担家庭的重任。并不是没事瞎折腾，而是用有限的时间和精力去拓展自己人生更多的可能性。

他们绝不会辞掉工作就不能活，反而条条道路都能走。

我认识很多其他行业的自由职业者，他们有学生、设计师、建造师、心理医生……大家都在自己的行业内深耕，同时将自己原本的兴趣培养成赚钱的能力。

很多人会问我，不想拿死工资，怎么赚钱？其实赚钱不是最重要的，重要的是你有没有在失去工作之后，还能生存下去的能力。即丢掉了你的工作，你还有其他谋生的本事。

这个本事需要长时间的发掘和培养，每个人的都不同。但很多花了时间做出成绩的人，有一个共同的特点，就是坚持和忍耐再加上一点的天赋和时机。

每天写字的人会写得越来越好；

每天画画的人会画得越来越好；

每天弹琴的人会弹得越来越好；

……

学习这种能力可以培养，是天道酬勤的事。关键就在于你能否找到自己最适合的方向，坚持下去，天才都是1%的天赋加上99%的勤奋，更何况普通人。

/4/

如何做自由职业者。

说点儿干：

首先，进行完善的自我认知。知道自己在干什么，有什么能力，优势，缺陷，已经成熟的条件和还需补充的方面。

举个例子：靠写作赚钱生活。

那么你要开始写，不知道怎么写，就多读书，什么书都可以，一边读一边拿本子记录金句、名言、你读时的想法。

其次你要写，不管多少字，写在笔记本里、文档里，看杂志、校园的投稿邮箱，找社交网络平台，疯狂写，疯狂投稿。不知道怎么写，就是肚子里没料，那就说明你缺乏组织语言的能力。怎么办，回到第一步。

当你写到一定程度，有了组织文字的能力，并且幸运地总被报刊选上，那么恭喜你，进入了某个写作圈。这就是你通过努力获得的成熟条件。

接下来，你要比之前更努力。写作和画画一样，需要长期积累。

所以成为一个真正意义上自由职业者看上去简单，可这之前所有的时间、精力、能力的累积实在不简单。

还是那句话，你必须非常努力，才看上去毫不费力。

没有人会看到你的辛苦付出，人人都只艳羡你的成功为你喝彩。

这就是生活的真相，自由职业远没有你想象中那么简单。

写了这么多，不为别的。

就是希望你能够看清自己，明白自身处境，做一个豁达透亮的人。不人云亦云，跟风吃瓜。其实每一份工作都不容易，不管为别人打工，还是为自己奋斗。就像《我的前半生》里子君哭喊着说家庭主妇多么不容易一样。

人生是由一个个选择，一次次尝试，一段段路组成的。

如果现在没有灵感，就从零开始积累，就铆足了劲往前冲。

天空不会一直下雨，总会晴的，人生不会一直落，总会起来。只要你下定决心，现在就去做。

别再那么着急浮躁地不想上班，辞去工作想当自由职业者了，辞职之前想想你又学会了什么，有什么资本谈自由。

在我心里，永远没有真正的自由。不管是财富还是精神，因为有一天你达到了曾经羡慕的层次，新的烦恼和追求又会到来。

那又怎样呢？生命生生不息，想做的事还有那么多，抓紧时间去做吧。

人啊，不要懒！

你被逼婚了吗

/1/

可能我们都到了一个非常尴尬的年龄。俗话说，过了25岁就奔三啊，父母、亲戚个个见缝插针开始掰扯你的婚姻大事。

过年回家，这种感受尤为深刻。

我不知道你爸妈催你结婚没，反正我一朋友是撞枪口上了。好不容易从大城市辛苦打拼几年回家乡，想舒舒服服过几年属于自己的小日子，愣是被亲妈安排一天见一个相亲对象。

今天王五，明天赵六，后天田七，唉，要是长得好看点儿或者有点儿气质，还能当朋友聊聊，可朋友说照片看一眼，就知道不是那个对的人啊，还指望聊什么呢？我朋友啊，相亲去了两次，差点儿就给她亲妈跪了，和她妈说：“妈，我求你了，别再给我找了，对象我自己找好不好？”

她妈也是急啊，和她说：“闺女，你都二十七八了，你看你自己找的，有个靠谱的没，你要自己能找到，我费什么心啊！”

大概在我们这个年代，所有的老一辈的眼里，两个人一开始没感觉很正常，多接触接触就好了。先结婚再恋爱，感情是可以培养的。

你这面都不见一下，饭都不合着吃一口，就把人给拒了，多不合适。

/2/

说实在的，我也曾让妈给介绍过对象。

然后我妈真的就十二分努力按着我的标准帮我找，可她老说我标准高，我多高标准啊：看眼缘，有感觉，聊得来。

我妈就说："是啊，我到哪去给你找聊得来的，结婚不就是搭伙过日子吗？两人差不多得了不就可以了，以后还是生孩子带孩子，感情什么的也没那么重要……"

身边的亲戚也会说：

"日子是平淡的，婚姻无非是找个人陪你过平淡日子。"

"快点结婚吧，女生年纪越大越掉价，男人就像那食堂的饭菜一样，去得早的才有好菜，去晚了连渣都没了。"

"年纪不小了，你今年啥事都不要做，就找对象。"

面对这些压力，一部分女性被渐渐攻下，剩下的女性同胞们仍坚守在岗位上。坚守心中的理想，一定要找到真心喜欢的人，恋爱决不将就，婚姻更不能凑合。

我曾经问过到30岁还不结婚的女人，她对于婚姻的看法。

原本以为会听来一阵措辞激烈的话语，没想到，她非常平静地说：“我觉得婚姻就像一条没有水的河道，到了对的时候，河水自然而然就满溢流动了。”

没有该结婚的年龄，只有该结婚的感情。婚姻，就是水到渠成的过程。

“我现在还没遇到那么一个让我流动的人。”

不知道为什么，她说起这些的时候我的内心除了平静，就是欣喜，我很高兴她依然坚持着自己最初的想法：**不是想找个人结婚过日子，而是遇到了那个人，才想跟他结婚，一起生活。**

/3/

《奇葩说》第四季的一期，胡渐彪老师说过一段让我双眼落泪的话：“再过几个月我就要度过我单身的第四十年，可能很多人不了解我们这些‘剩男剩女’心中坚持的到底是什么，其实之所以单身这么多年，就是不愿意放弃一直还在坚持的标准。”

这个标准不是“他抽不抽烟”“喝不喝酒”“是不是高富帅”……我坚持的标准是需要有一个人能够真正包容我过去的经历，能够由衷地接受和理解我。

就像那首歌唱的“没那么简单，就能找到一个聊得来的伴”一样。

如果聊不来，岂非同床异梦，貌合神离。

“一个人孤独终老很可怕，但更可怕的是两个人一起孤独终老。”

看这句话的时候，差点就哭了。大概这就是我们很多人的心声。如果只是为了结婚而结婚，找到一个人，和他生活，可他不了解、不包容我的过去，带我走不到未来，我们只是搭伙在一起吃饭、睡觉，我一个人也可以做好这些，我一个人也可以生活。如果只是这样，为何要两个人在一起？

相比一个人时候的孤独，我更怕的是和一个心灵没有交流的人在一起生活。

对我来说，那才是最大的折磨。

/4/

其实如果能遇到合适的、聊得来又有默契的人，谁又不愿意谈恋爱？谁又不愿意和他结婚，一生相伴？只是哪有那么容易遇到。

沈复遇到芸娘，王小波遇到李银河，钱钟书遇到杨绛。这些人的婚姻绝不是凑合着搭伙过日子，他们是基于爱，但同时是爱的延续。

因为生活不仅仅是生活，它还有很多美与想象，两个人在一起若不能往更好的方向发展，这样的爱情对两人来说就是彼此前行道路上的阻碍。

很多人说，我现在很好，我努力过好自己当下的生活，我学习、运动、看书、跳舞……我只是想要我变得更好，这样才能遇到更好的另一半。

其实一个人并不孤单。

火爆一时的SK-II宣传广告《她最后去了相亲角》，每一个人都在对“剩女”发声，诠释婚姻：

“剩女给我的感觉就像剩下来的女人，是25岁以后还没结婚的感觉。

“过年回家是压力最大的时候，他们觉得在中国这个社会一定要结婚才是个完整女人。

“我还是很渴望爱情，可不愿将就，直到等到那个对的人。”

/5/

不是不恋爱，不结婚，是遇不到那个心里想要的人，不愿将就，不能将就。

我所要的爱情，是廖一梅《柔软》里动心动情的：我们这辈子，遇见爱，遇见性都不稀罕，稀罕的是遇见了解。

更是《剩者为王》里父亲的独白：

“她不应该为父母亲结婚，她不应该在外面听什么疯言疯语，听多了就想着要结婚。

“她应该想着跟自己喜欢的人白头偕老地结婚，昂首挺胸地，特别硬气地，憧憬地，好像赢了一样，有一天就突然带着男方出现在我面前，指着他告诉我说，爸你看，我找到了，就这个人，我非他不嫁。

“那天什么时候会到来我不知道，但我会和她站在一起，因为我是她的父亲，她在我这里，只能幸福，别的都不行。”

/6/

仙女是不会老的。等她足够独立自信、积极善良，一个人活得比谁都好的时候，年龄只会变成她漫长生命中的数字罢了。

就像杜拉斯的《情人》里写的：对我来说，我觉得现在你比年轻的时候更美，与你那时的面貌相比，我更爱你现在备受摧残的面容。

总有一天，我们会明白，爱才是结婚的理由，爱才是一个女人卸下所有铠甲的软肋。

女人的美丽不在于年龄，而是灵魂。30岁不结婚又怎样，人生不会就此止步。

剩男剩女差不多得了吧？

没有差不多。

不能差不多。

希望有一天，我们终能以自己的方式，与这个世界和解。

我现在有钱了，你回来好不好

/1/

酒吧门口，我朝叶子点头，那时的她一半藏在黑暗里，一半被灯箱印上迷离的光。在我走来时，原本面无表情的她露出了甜美的笑容，那一刻，我差点以为自己走错了片场。

一晃，三年未见。所以在接到她电话时，我几乎毫不犹豫，洗了把脸，拿起风衣就来了。进了酒吧，我在她身旁坐下，看她娴熟地打火点烟，吸烟。那时，一位陌生男子从黑暗里走来，他打响指，招呼酒保，叶子微笑回应，礼貌回绝。男子非常绅士地退到黑暗里。

三年了，看着眼前的她，我竟一片茫然，如迷雾萦绕心头。

叶子没有看我，她抽烟，看舞池的吧女扭腰，霓虹灯在她眼底如光滑游动的鱼，一首《玫瑰》，她跟着轻哼，笑了，又喝下一口酒。后来，她眼角的泪就在酒吧昏沉的音乐里无声滑落，那会儿，她转头对我说，酒太烈，音乐太煽情，你看我，把你叫出来，自己还没出息地哭了。

再到后来，她泣不成声，哭花了眼，我一杯杯拦下她的酒，我说：“你别喝了，再喝不成人样了。”她摇头，脸上挂着未干的泪痕，伸出了右手，我看着那细长无名指上波光闪动。

“我订婚了，新郎不是他。我曾无数次幻想，他会坚定地牵起我的手，拥抱我，亲吻我，从此以后我们再也不分离。可我再也等不到了，等不到了，等不到了……”

凌晨，我搂着叶子走出酒吧，坐上车，她像个孩子般躺在我的怀里，我能感受到她鼻腔呛人的味道，可我不怪她，一点也不。我只是用右手抱住她的头，她的脸异常滚烫，眼泪像忘记关闸的潮水般流淌，拍打在我身上。我知道，她这一生就只会为一个男人哭到如此地步，甚至失去自己。

看着她手指的圆环在一逝而过的街灯里明明灭灭，我心很沉，说不出的沉。

/2/

我的记忆还停留在三年前，叶子搂着那“小混混”石康的时候。说是“小混混”，其实是叶子起的绰号。

那一年他们因旅行相识，报了同一个旅行社，上同一辆车，坐同一排，一切就像命中注定，没有人会知道，八小时的巴士之旅，以及接下来四天五晚的行程，让两个毫不相干的行星擦出了爱的火花。他们在一起，是旅行结束的时候。在机场，叶子笑着对石康说再见，没等对方回应就转了头。

那时候，她想，也许这辈子都见不到了，就到这里吧。再见，就是再也不见。

旋即双手插进了口袋，机场冰冷机械的航班信息一直在耳旁喧嚣，她慢慢走上了电梯，淹没在全然陌生的人潮里。

没有回头，是害怕回应，她心知肚明，两人不过短暂相遇，欢愉之后又回到彼此的轨道，留下那段记忆就好。

她在电梯上这样想着，慢慢看到了二层的地面。

进检票口的时候，叶子突然感觉背包被人从后面拖拽，刚想回头怒骂，一转身，就让她愣住了。

“石康？！”叶子眼珠子都快瞪出来了。

“你走得太快，没办法，我只能冲上来，一个箭步抓住……”眼前的石康喘着粗气，双手撑住膝盖，叶子看着他额前的碎发随着呼吸忽上忽下地摆动。

“不是，你检票口不在这里，你要误了航班了啊！”说着叶子着急推他。

“没，我要跟你一起，飞你那儿去。”说着，扯着叶子在大厅狂奔，“快，我还要买票的。”

后来，叶子领着一个高高瘦瘦的大男生走到我们面前，我们吓得面面相觑，问她：“姐，你旅游完还拐个人回来啦？”

“他自愿的，自愿被我拐。”说着胳膊就勾到了石康脖子上。

“说什么呢，我是来生你、养你的地方感受下人文风情，看是什么山水把你养成了这样。”石康说完，对叶子眨眨眼。

“哪样啊，还丢你人了？”

“行了，你俩私底下去腻歪成吗？大庭广众，请考虑单身人士的感受。”

叶子笑得没心没肺，我把她拉到一旁，问她：“真跟他在一起了？这小子什么来历？你清楚不？万一是坏人怎么办？小心点！”

“喵，你咋跟我妈一样，念个没完。放心吧，他身份证还揣在我怀里，这几天接触下来，觉得很神奇，两人虽是第一次见，却感觉比八辈子还知心。”

叶子后来告诉我，他们是认真的。从他第一次牵起她的手，望着这个男生跳动的背影，那瞬间，她真的什么都不想要了，只要和他在一起就好。

“全世界都可以在那一刻静止，唯独是你不可以把我抛下。”

/3/

我不知道那后来的三年发生了什么。

几乎是到家开门的瞬间，叶子挣脱我的手，逃亡似的跑到卫生间，接着就是一大阵剧烈的呕吐，我急忙打上热水，浸湿毛巾，给她擦嘴，又给她接了杯热水。看着她，眼睛火辣辣地疼。她明白我的焦灼，喝着水，平静一会儿，说道：“对不起，给你添麻烦了。”

我摇头，说：“没事，只是，这三年你过得好吗？”

叶子就努力抑制自己的眼泪，说：“我订婚的对象是父母找的，家里条件好，在银行上班。我爸妈对他很满意，他对我也好，像大哥，我曾以为自己除了石康外不会爱上任何人，不会再接受其他人。在我慢慢地快要让自己死了的心重新活过来，答应了他的求婚后，石康回来了，他回来了，他回来了……”

叶子颤抖着双肩，泪流满面，那时候我才知道，原来我们爱一个人，无论怎么欺骗自己，心在听到那个人消息的瞬间，所有的防线都会瓦解。

只是听闻石康回来，叶子就这样不能自已。

我曾风闻有你，而今不知你在哪里。

/4/

那一年，他们异地，康比叶子大两岁，高中毕业就工作了。叶子从未嫌弃过他的低学历，她知道这一路，他吃过的苦、受过的委屈比她吃的饭还多。

康在家乡做汽车销售，每隔两星期就去找一次叶子，最开始还飞机往返，到了后来也许是经费不足，又或者其他，康很少来了。叶子只觉得那一年的冬天特别冷，心一点儿也暖不起来。

她不吵、不闹、不生气，康打来电话："天冷了，我不在你身边，你要把自己照顾好。我这个月业绩不错，会把钱存起来，过段时间就来看你，带你吃好吃的。"

"康，要不，等我毕业了，你就过来，我们一起好不好。"叶子冷不丁地说。

电话那头康沉默了一会儿，说："叶子，我现在不能答应你，如果答应了没做到，我会更后悔。所以，你等我，好吗？"

"嗯。"

严冬时节，康来了两次，每次都带叶子去吃烤全羊，也不知道为什么，叶子喜欢康牵着她的手慢慢地走过人群，走过无数熟悉的、陌生的店铺，想象着他们今后一定会这样毫不犹豫地走下去。

/5/

叶子大学毕业，选择留在北京。不久，就找到了广告公司的工作。康思考过后，离开了家乡，和叶子住到了一起。

两人在梦里不知道预演了多少遍"你在厨房，我来帮忙"的场面，就这样真的实现了，工作日一起烹饪打扫，周末逛菜市场、商店、公园，这样的生活虽然艰辛，可因为有爱就变得无比温柔。

康辞掉了原来的工作，刚来北京时，找不到好工作。叶子看着他每日奔波，心里着急，夜里她搂着康结实的后背说："没事，大不了我养你。"然后在他身后沉沉睡去，康握住她的手，心里感激又愧疚，他心疼她，只能更加努力。

就这样，康找了份物流的工作，每天拉货、卸货，工作会忙到很晚才回去，那时候叶子都睡了。他就小心翼翼地回家，也不开灯，洗去身上的汗臭，躺到了叶子身边。迷糊中，她感觉康回来了，就伸手搂住他的腰，一只腿搭在康身上。这样，又睡着了。

很多时候，叶子醒来时，康也离开了。他们说话的次数变得越来越少，不是叶子忙，就是康忙，两个人住在一起，却过上了各自独立的生活。

叶子的工作做得风生水起，老板很是器重她，师父也多次带着她一起出差，与客户洽谈，长长经验。每次叶子出差，康托着疲惫的身体在回家路上，想着今天接了大客户的单，可以出去吃一顿大餐，回家才知道自己把叶子出差的事给忘了，慌忙中给她打电话，却发现那边已经关机。康心里想，也许叶子睡了，就发了短信。

叶子的世界越来越大，留给康的时间越来越少，有时候一个月出差20天，家变得像宾馆，只是让她歇脚的地方。

康的世界很小，他想等累积到足够资源就出来单干，希望快点挣钱，让叶子少辛苦一点，之后安定了，就和她结婚。

/6/

也不知道为什么，他们的感情就在那样各自的努力里变了味。明明是双方都想为对方好，却又只感动了自己。

叶子为了能多点时间陪康，跟师父说休息几天，回到家，一个人提着菜篮去买菜，回家锅碗瓢盆齐声协奏。她等啊等，等啊等，等到饭菜凉了。康发来信息说遇到一个大客户说去聚餐，之后还有娱乐活动，就不要等他啦，先自己吃，末了又加一句：忘了你今天出差了，瞧我这记性。到了报个平安，想你。

叶子盯着手机看了很久，她在黑暗里坐了会儿，几分钟后，把冰箱里包好的菜全部倒进了垃圾桶。

翌日，她打扫房间，收拾行李，跟师父说，她休息够了。

那以后，两个人变得冷了，也不知道是不是彼此越来越忙。有一天，康难得提早下班，买了很多叶子爱吃的，就等着她回家。

他给她打电话，她说在忙，让他先吃，他就说没事，等你。

后来，康就坐在沙发上，开着电视睡着了。

门“吱呀”一声开了，叶子穿着干练的西装回来了，她脱下高跟鞋，去浴室取下耳环、项链，用化妆水擦去口红。康睁开了眼，说：“叶子，你还没吃饭吧？洗个手先吃饭吧。”

“不了，我吃过了，今天客户带着去一家新开的法国餐厅，特别好，下次我们也去吧。”

“呵呵。”石康冷笑。

叶子觉察到康的异常，不解地探出脑袋，问：“石康，你什么意思？”

“没什么意思。”

“我追求好的东西有错吗？”

“没错啊，我哪里说你错了？”

“算了，没空跟你吵，我累了，明天还要出差，先睡了。”

石康看着头顶的吊灯，一圈又一圈行走的时钟，突然觉得心口很慌。那一刻，他几乎用尽全力声嘶力竭地喊：“周叶，你是不是这辈子就是要嫁给有钱人？！”

“是，我就是要嫁给有钱人，没钱怎么活？！”

“我没钱，你妈看不起我，你爸嫌弃我，所以你现在也开始讨厌我，对不对？你当初就是奔着玩儿来的，你现在玩够了，就开始甩人了对不对？！我石康给不起，你去傍你的大款，可以穿金戴银，锦衣玉食！”

“石康，你真是莫名其妙！你干什么啊？浑蛋，你个浑蛋！”

/7/

第二天一早，叶子走了，本想跟他好好说说，可她还是骄傲地拖着行李走了。

石康睁开了眼，他突然无比清醒地坐了起来，洗了把脸，擦干，看着镜子中的自己，明明还年轻，眼神却不再清澈。在那一刻，他只觉得迷茫，看不到未来。他想了很久，自己拥有什么，能给叶子带来什么，叶子越来越向往外面的世界，她的舞台很大，不知从何时起，他一直追逐，慢慢地，她成了他的世界。

她所有的一切都变得比任何事重要，明明想努力攒钱，努力和她在一起，明明住到了一起，感觉却比分离时的感情更少。是的，不得不承认，叶子喜欢的东西他开始叫不出名字，他的见识远不如她，他们在一起也只是拥抱，却少了那份更深的依恋。

想到这一点，他突然哭了。在一个阳光明媚的早晨，深深地痛哭。

我问叶子后来呢，叶子别过脸，她说当她回来时，发现石康走了，留下一封长长的信。他说，他真的想过了，爱情不是饮水饱的年代了，他们都长大了，光有爱不够，太不够了。

他说，因为爱叶子，所以要离开。希望叶子能够去更大的世界，不再有他牵绊，这样她会有更好的未来。

我不知道该怎么说，看着叶子红肿的眼，手反复不断擦着眼泪。

“我们到底在哪里错了。”

我没有说话，爱情哪有对错啊。只是爱情啊，一直是变化的，随着时间、人生不断起伏，雕刻成最后的样子，一定是两人生活原本适合的样子。

也许康一开始就和叶子有差距，虽然这差距一直在他的努力下达到平衡，但后来，叶子长大了，她开始触碰更大的世界，两人都没错，只是他们两个人行走的步调和速度太不一致了。

追的那个人要更用力地追赶，等的那个人不甘心原地踏步，两个人都很累。

/8/

石康走后的那两年，叶子找了他很久，他杳无音讯，再到后来，她辞职回了家，看着年岁渐长，在父母撮合下和一位成熟男士订婚了。那之后，她摇摆的心安定下来了。

有时候她会看着窗外的天空失神，她总想着那一年如果自己不那么倔，又会是怎样。可是时光无法倒流，他们只能被岁月和人生推着走。

家附近新开了一家汽车4S店，叶子想买辆车，就来转转。当她进了店，转过头时，撞上了一张热忱推荐的脸，却在看到她的瞬间，笑容僵硬。

坐在接待室里，她看着被擦得一尘不染闪亮的落地玻璃，眼前的人变得那么不真切。

“没想到，在这里碰到了你。”还是石康开了口，他搓着手，局促地说。

“嗯，听说你回来了。只是不知道你在哪里，我也没想到……”叶子微微一笑。

她不知道接下来该说什么，只是微笑。空气一下子很尴尬，他们都不知该从何说起。

“要结婚了吗？”石康注意到叶子的无名指，“恭喜啊，也是，你该是结婚的年纪了……”

“你呢？”

“我？早着呢，这事业还刚起步，也没遇到合适的……哈哈哈……”

“从我之后，你还跟谁在一起了吗？”叶子问完就后悔了，就算知道了是谁又怎样，突然觉得自己很傻。

“没有，我一个人，那几年，专心做事业。”石康定定地看着她，喝了杯水。所有的一切都变得云淡风轻。

“你看的那款车，过两天就可以提货了，手续的话我这边也给你办齐，另外给你个超大优惠，算是给你送贺礼了，我送送你吧。”说着他为叶子拉开店门。

他们一前一后地走。石康看着叶子，头发变得很长，长长的马尾一左一右随着步伐摇晃。

他再也不是曾经年少的模样，而叶子也变得不再活泼可爱，没心没肺。那时候，他觉得，他们真的长大了，也真的变老了。

“叶子……”石康停下了脚步。风把他的衣服轻轻吹起。

“嗯？”叶子温柔地回头。

“叶子，我现在有钱了，你回来好不好？”他突然很深情地说，望着叶子闪耀的双眼。

叶子在那一刻内心如雨，她不知怎么回应，那个她爱了四五年的人，现在就站在她的眼前，可她很慌，她突然有些哽咽。

然后，嘴唇里轻轻吐出一个字：“好。”

他们彼此对视着站立，沉默得像隔了一条河。石康搓着鼻子，又把手缩回裤兜，低着头，抬了抬双脚。叶子觉得他还是那么孩子气，他的睫毛还是那么长。她就淡淡地笑了，在春日和煦的阳光里。

“其实我开玩笑的，就突然想逗一下你。”

“我也开玩笑的。”

“嗯。”

“嗯。”

“走吧，咱俩见面太尴尬了，我实在不知道要说什么……”

“其实我也是，这么尴尬……”

“他是个什么人啊，这么有能耐啊，把这么美的姑娘都追上了，我很想抢啊……”

“你怎么这么油嘴滑舌了，这几年，你倒是经历了什么，一个电话也不给我打，你说你怎么那样闹分手，我很生气……”

“当年幼稚啊，不忍直视……你还没说他是个什么人！”

“你也没告诉我你这几年去哪了！”

“你先说啊……”

……

/9/

早晨的光辉里，两个看上去还很年轻的人走在人行道上，他们身边走过提着菜篮的中年主妇，一对年迈散步的老人，三两个背着书包，扎羊角辫的女孩儿，还有挽手嬉笑的情侣。

可没有人像他们两人这般闹腾，闹腾得连周围的空气都被搅动了，他们就是一个世界的，并且这个世界里再也容不下别人。

他们并排走着，说说笑笑，旁人永远也挤不进来他们的世界。

“叶子，我有钱了，你回来好不好？”

“好。”

“我刚才说开玩笑的那句是开玩笑的。”

“我开始说开玩笑那句也是假的。”

“完蛋了，你都订婚了！”

“你就不能把我抢走吗？”

“我再想想……”

“你敢？！”

“我想要的就是和你在一起，这一次我再也不会放开你的手。你去跟你妈说，你喜欢的人有钱了，我们可以过得很好了。”

到了最后，你会选择很爱自己却没有太多钱的穷小子，还是很有钱却不够爱你你也不太爱的王子。那个所谓的“王子”他不一定是你真正的王子，可那个穷小子曾经把你当成他的全世界，你爱笑的眼睛就是他心中最美最闪亮的钻石。

最后叶子对康说：“如果是你，没有太多钱我也嫁！没有钱我们一起努力挣，只是，别再把我一个人丢下了，别说为了我好，没有了你，我怎么可能会好呢？”

“你是我一辈子最宝贵的宝藏，我谁也不想给，我就想霸占一辈子，两辈子，很多辈子……”

你是我的，你永远都是我的。

你对我那么好，可我们还是分了手

我曾经真的有想过和你结婚的。

飞机落地的时候，巨大的轰鸣声让我睁开了眼，拖着疲惫的身体和行李走出航站楼，打车，缩在后座。那时候还是乍暖还寒的初春，嘴里温热的呼气一下下打在冰凉的车窗玻璃上，霎时蒙上一层薄雾。

/1/

我靠着窗，看外面黑压压的一片。

想着天亮以后怎么和你相见。

我们有多久没见了呢。一年，两年，三年，三年零三个月。

偶然从朋友那儿得知你的微信和电话，一直躺在手机的通讯录里。找不到理由，不知如何开口，可我终究想再见你。

光透过玻璃晒到脸上的时候，我睁开了眼。

换好衣服，拿起包，穿鞋，打车去车站。天真冷，即使是南方，依然寒凉入骨。

路上堵车了，我心慌，不知怎么的，打了你的电话。电话响了五声，你接了，耳边传来再平淡不过没有一丝温度的“喂”。只是对一个陌生人该有的刻意与冷静。

我调整呼吸，说：“是我。车子堵在路上了，不知道能不能赶上……”

没说完，你打断我说：“赶不上就下一趟，杭州到上海高铁很多，取了票跟我说一声。”

我有些沮丧。不知道是不是三年没听过你的声音，你的低沉让我陌生。我想问，是不是感冒了。可终究什么也没问，只是说：“好。”就挂了电话。

望着窗外，阳光明媚，初春的阳光总带着一股凉薄。我在期待什么，你都不是我男朋友了，都已经走了三年，还能对我怎样，还关心吗？还该关心吗？

我们之间，剩下什么。

/2/

我想起和你分开后的暑假见过一次。你和哥们儿租住在两室一厅的老房子里，在附近的培训机构上课。

我穿着新买的鞋子，急急忙忙去找你。也不知道为什么，只是突然想见你。

那时候你用翻盖手机，手机里全是我们爱听的歌。那一年，我忘记了你的模样，只是记得我们开着电扇聊了很久，聊到躺在床上，互相看着彼此。

我说：“我们和好吧。”

你笑。

临走的时候，你说去吃饭，我穿着磨脚的鞋子慢慢走在你身后。

你还是很阳光，穿白衬衫。你还是很瘦，小腿裸露在树影光斑里。我看得出神，你停下脚步转过头。

我用力往前走，可每走一步脚后跟就割裂地疼。你看着我，还是温柔，怎么了。

我指指鞋子，苦笑，新鞋有点磨脚。

你便把我扶到路边，二话没说去商店，回来给我贴上创可贴。

我走在你身后，慢慢地走。

在饭店吃完饭，你说：“送我上车吧，要去上课了。”

我点头。

那时候太阳好大，柏油马路被晒得发亮。

“你渴不渴，要不要喝水？我去给你买。”于是你穿过马路买水，我看着你阳光下奔跑的背影，又看着你越来越近地往回跑，那时候心都快化了。

我接过水，有那么一瞬间鼻子很酸，就像洋葱辣到眼里。

“P，为什么分开了你还要对我这么好？”我笑着问他。

“我也不知道，可能我真的没办法对你不好，因为对你好已经是我的习惯。”

/3/

你曾经对我有多好呢？

第一个我们在一起的5月20日，你在宿舍外面的草坪里等我，拿着手机编辑好短信5201314，等到13点14分的时候发给我。

我说食堂饭难吃，你就早起床跑到市场买我喜欢的玉米排骨，借隔壁寝室的炊具给我煲汤。

我喜欢看却舍不得买的书你给我买了一整套。说每次看我在书店拿起又放下，很闹心。

我不知道：

你发完短信在草坪里坐了一小时。

你为了给我煲汤烫伤了手。

你为了给我买书，在周末又去做了两份兼职。

是啊，你对我那么好，可我们还是分了手。

/4/

高铁快要启动的最后一分钟，我钻进了车厢。

现在我以时速300多公里的速度走向你。我听见心脏的跳动，一声一声快要挤出喉咙。

三年了，失去你音讯的三年。P，我有那么多话想对你说。

你过得好不好。你有没有变。不知道你会穿什么衣服，背什么包，经历哪些事，有哪些快乐哪些失望，那些时候你是怎么过来的。

我都无从知晓，我喜欢的你，停在了三年前。

下车的时候，我走到出口，倚在扶栏上。

周遭来来往往喧嚣吵闹，列车的讯息冰冷而单调。我双手插在衣兜里，低着头，不知道要去哪里，我从来不习惯在人群里等待。

就这样，时间悄然流过。看到一双脚慢慢走近我，我缓缓抬起头，等到的是你故作镇定的一句“嗨”。

那是三年后第一次见到你，你的头发比以前短了，戴着的围巾，背着的包，穿的衣服鞋子，一切都好陌生。

我笑着回应你：“嗨。”

跟你走到公车站，你说：“难得来上海，去点周边的小镇吧。”

我们一路坐车，我站在你身边。你的眼睛还是很大，三年好像没有变化。原以为我们会聊很多，可说完各自的工作就开始沉默。

你说，想留在上海。

你说，觉得自己再努力会有希望。

你说，虽然很累但也充实。

你说，现在我也做了自己喜欢的事情，多好。

你说，想不到那次见面后至今已经三年了。

我很想笑，很想假装自己快乐，可我笑不出，快乐不了。

/5/

到达小镇的时候，刚过下午一点。天很冷，风很大。很多一同前来的游客，大家渐次地走。

印象里，跟你在一起，没有一起旅游过，只是出门约会、吃饭、看电影。

我还记得第一次约会，你为穿什么颜色的T恤纠结半天，你的迟到让我生气。那天，我们去看电影，逛超市，沿着江河走了很远。你牵着我，真的很安心。

而现在，我还是走在你身后，看你背双肩包。我不知道我们算什么，算是朋友吗？

同行的陌生朋友问我们小镇怎么走，你说一起吧，我们也是去那儿的。她看着我不经意地闪过一丝疑惑，也许在想，我是你的谁呢？

我只是笑笑，大大咧咧走到了你前面，假装很随意。

/6/

那天，你跟我走在一起时不时看手机、聊微信，你的眼睛盯着屏幕笑。

我问："是女朋友吧？"

你才抬头看我，说："没有，只是聊了好几个月。"

那时候远处的草坪里，有很多穿婚纱在寒风里冻得瑟瑟发抖、依然咧开嘴笑的新婚夫妇，在摄影师咔嚓的照片里留住青春与爱情。

后来朋友给我打电话说起她和男朋友的事，你在一边一言不发，看着我安慰劝导。

挂了电话，你说："现在你终于做了自己想做的事，成为一名情感咨询师了。"

我说："你也是啊，快要在这个城市扎根了，你要的稳定、简单的生活已经有了，就差一个爱的人了。"

你说："你才是啊，老大不小了。人家的问题都解决了，你自己的呢？"

我说："看缘分吧。"

于是我们又沉默地走了很久。

/7/

后来你送我去车站，等车的间隙，突然一脸嫌弃地说：你这件衣服不好看。

我说，有吗，我还挺喜欢。

你低头看手机。

那个时候，我突然觉得，你再也不是我喜欢的人了。我也不再是你心里眷恋的人。你会对别人好也与我无关了。你的笑容你的所有爱都不会再和我有关系了。

我们因为什么原因分开呢。

我说不清。也许只是两个人的想法不一样了，两个人追求的方向不一致了。

我曾经真的有想过和你结婚的。

可我以后再也不会想了。

○

/8/

我在回去的车上睡了一觉。

我又梦到年轻时20岁的你，我们在早餐铺子吃绿豆粥、油条。你看着我闪亮的眼睛。你说，这辈子都想和我幸福地在一起。

只是后来，我们都走散了。

有一天工作到凌晨，看着你的微信头像，朋友圈里放了个女孩。

你说：“‘单身狗’怎么了，老子终于可以秀了啊。”

我又看了你头像很久，久到差点要睡过去。

在最后清醒的时候，把你删掉了。

我想，这辈子都可能无法再与你相见，也不用见了。

还能怎样呢？我失去了你这个无话不谈的朋友，还是这段刻骨铭心的感情呢？

一开始就喜欢的人，怎么甘心做朋友。

当我选择你那一刻起，我就开始失去。

那现在是时候离开了。

无法祝福，无法再见，无法再重来。

每一年七夕，我都会想起你

/1/

有时候，我会想爱情究竟是什么。是镜花水月，还是细水长流。

这个世界上有100%合适的人吗？也许没有。

爱情的保鲜期有多久？一个月，三个月，一年还是三年？

究竟怎样才能让你喜欢的人喜欢上你？你为什么就不能喜欢我？

想来想去，谁也解释不了。毕竟爱情如果能用二次方程通解算出，那世上也就没有失恋的人和“单身狗”了。

不知道是不是七夕的到来，平日里没有太多来信的后台和微信里，也收到过很多来信。

有人说：他对我做了很过分的事，我不打算爱他了。

有人说：情人节他没有表示，七夕我们异地，隔着一个省，他不愿来看我，没有鲜花也没有礼物，我“没有男朋友”。

还有的说：老公这个月出轨，现在我有个六岁的孩子，很难过，想离婚。

我总是一个旁观者，看着你们的故事，看着那些断断续续的文字，不深不浅的话。我对最后一个来信的读者说：“你觉得他不爱你，那就是不爱你；你觉得他对不起你，就是对不起你；你在犹豫是否离婚，那就该离婚。”

我不是犀利，不是冷血，不是淡漠，我只是无比清醒。

很多人都是自己感情里的困兽。

/2/

我也会有懦弱、卑微、失态的时候，当我爱一个人。

前一天我在朋友圈里发了一段心情：

“我会情绪失控，精神失常，患得患失，胡思乱想，会感到甜蜜、心酸，也会感动，流泪。

“所以你要问我爱情是什么，我只能说，不可控不可说。

“爱一个值得你爱的人，你会幸福。爱一个不爱你的人，会卑微痛苦。爱一个不能爱的人，你们注定有一天要结束。

“如果在一段感情里，你的犹豫多于坚定，孤独多于陪伴，失望多于期待，伤心多于开心，我劝你离开，劝你放手，劝你一个人好好过。

“如果你不能从那个人身上得到更多安全感、幸福感，那样你们在一起，还不如自己一个人开心地活着。”

一个人无论年纪有多大，处于何种境地，对待爱情的态度从来都该是：为一个值得的人付出，找一个喜欢的人谈恋爱。永远不要在一段感情里委屈了自己。

很多时候，我们会被爱情的假象欺骗。以为那个天天说爱你，你生病让你多喝热水的人是爱你的。可我们早已过了“耳听爱情”的年纪。

我不羡慕那些手捧玫瑰的人，羡慕的是即使在拥挤的公交、地铁里，也小心呵护手里的花，不自觉泛起幸福笑脸的人的模样。

我不羡慕那些鲜衣怒马的人，我羡慕的是即使吃不起法餐、坐不起游艇，没有多少像样的衣服，也会穿干净的衣服，无论多久、多远、多艰难，都要去爱身边的人。

我羡慕的是他用一天去研究她喜欢的食物，为她做一顿晚餐，看着她狼吞虎咽，也会微笑着对她说：“你慢点吃啊，没人跟你抢。”

我不羡慕那些大声求爱的誓言，只羡慕平凡生活里，最动人的珍贵。那些无论生老病死，都不离不弃的陪伴，那些即使天各一方，心里都留有对方位置的等待，那些就算无法在一起，也在心里深深祝福的爱意。

我羡慕真心相爱的人。

/3/

爱是这个世界上最柔软的一件事。

因为有了爱，坚固的心都会被温柔呵护。再尖锐的世界都能有一条

退路出现。

好的爱情，就像一场舒服的旅行，你快乐，你自由，你的心里是眷念，是喜欢，是跟他在一起，到哪里，做什么，都好。

你是什么样，你不高、不瘦，甚至鼻子长痘，他都爱你。

喜欢就是为你付出。你喜欢的电影他陪你去看，你爱吃的他去买来给你，你跟他无意说起的事情他都记在心里，他喜欢你就会宠你，无条件地对你一直好。

他不喜欢你，就不会和你多说话。他不会和你说早安、晚安，你睡不睡、醒不醒，跟他没关系，你喜欢什么他说你自己去买，你要看电影他说你自己去看，你跟他说话时努力找话题，你一直问他很多事，在他看来就是一种打扰，就像垃圾短信。

他不喜欢你，你做什么都是作，都是闹，都是不可理喻的。

/4/

爱过一个不值得爱的人不可怕，可怕的是因为长期的恋爱失败失去爱的能力。

很多人总是无法把握住一段感情，无法谈稳定而长久的恋爱，这与他们性格的患得患失有关，与他们太容易爱上一个人有关，与他们的自卑、软弱有关。

希望你做一个积极、健康、有能量的人。错误的感情应该及时放手，不管有没有恋爱，有没有结婚、生孩子，最重要的是你过得好不好，开不开心，有没有人疼。

如果他不疼爱你，就不要再找他了，因为你自己也能好好过。

对于爱情，遇到了是上天的恩赐。遇不到也只是一时的，很多人在七夕这一天表白，全世界都好像在恋爱，收到鲜花、巧克力的人很多，可真正幸不幸福只有那个人自己知道。

从容地活着，那个爱你的人总会到你身边。

不要着急不要浮躁，不要觉得自己落单。单身也可以很快乐。

一直都很喜欢电影《后会无期》里米苏说的那句话：听过无数道理，还是过不好这一生，那就随着心意任性地走吧，走累了再安营扎寨，或者永远也不，别回头，也别犹豫，太急没有故事，太缓没有人生。

别怕，你总会遇到属于你的爱情。

爱对了人，每天都是情人节。

祝你幸福。

单身久了，是一种怎样的体验

/1/

刷微博的时候，我看到一个话题：单身久了是一种怎样的体验？

成百上千的评论仿佛每一条都在说自己。那时候，真是万箭穿心。

“一到晚上仿佛就变成了诗人：偶尔羡慕情侣，偶尔庆幸自由。”

“不想再花太多精力，去重新认识一个人了。”

“我现在对婚姻爱情不抱任何期望，只想暴富。躲得过对酒当歌的夜，躲不过四下无人的街。”

……

看完我想了很久，为什么现在那么多好女孩、男孩都单身。

是生活太狭窄，身边的人太无趣？也许还是应了那句话：好看的脸蛋很多，有趣的灵魂终究太少。

/2/

不知从何时起，我对“单身”这事再也不能熟视无睹。以前还能打着哈哈，觉得年轻人怕什么孤单啊，现在却开始没来由地害怕再也遇不到合适的人。

可其实，一年年慢慢累积的，除了那怎样奔跑都赶不上的岁月，还有一颗被你怀疑到不会跳动的心脏。

朋友说："真的很难有那种年轻时，怦然心动的感觉了。"

是啊，有时候我竟会羡慕别人还可以失恋，我却连喜欢一个人的感觉都没有了。

再也不会有一个人，可以让我像从前那样，只有100元了，还会花30元打车去见他，60元买两张电影票，8元喝一杯奶茶，看完电影送他回家之后，用口袋的两个硬币，自己坐公车回家，很开心，很满足。

当我喜欢一个人，和他在一起的时候，即使整个世界都暗了，我的内心也是澄澈光明的。

那时候，我想自己的全部都给他。

可这样的人，现在好像也很难遇到了。

/3/

爱情里，最难过的是，你喜欢的人不出现，出现的人你不喜欢。

你一遍遍地问，为什么我喜欢的人不喜欢我？没有标准答案，不过萝卜、青菜，各有所爱罢了。

我们喜欢一个人，时刻想着如何变成他喜欢的模样。可是我们会爱上一个人，不就是喜欢他原来的模样吗？同样的，真正爱我们的人，也是喜欢我们最真实的样子。

也许你可以因为他喜欢长头发，把你的头发留长；因为他喜欢乖乖女，你不再走路大步，说话任性；因为他喜欢安静的女生，你从从前的活泼大方，不拘小节，变得安静柔和……你拼命变成他喜欢的样子，却在不知不觉中失去了自己，还弄得自己很疲惫。

真正爱你的人，又怎么会让你这么疲惫。你只是拼命迎合着他的喜好，却忘了，爱一个人是发自真心的。有些喜欢和感受是骨子里生来就有的。

喜欢你，始于颜值，陷于才华，终于人品。

/4/

有人说，每个人心里都有爱，二十几岁的人，没有不渴望爱情的。

记得王家卫有次让演员翻译“I love you”。有的人直接说“我爱你”，墨镜王不高兴了：你怎么可以这样翻译呢？应该是：我已经很久没有坐过摩托车，也很久没试过这么接近一个人了。虽然我知道这条路不是很远，也知道不久后就会下车，可是，这一分钟，我觉得好暖。

也难怪张嘉佳会说，跟王家卫喝酒，不会写书也能作诗了。

其实年纪越大，越相信了曾经不屑相信的命运。相信了，会有那个能懂得自己所有心思的人。

就像张静初说的，你是什么人，就遇见什么人。

你看，身边那一拨一同长大的明星，舒淇、林心如、李冰冰都找到了真爱，你心中又重燃了对爱情的期望。

李冰冰说："一切都是最好的安排。"

林心如说："终于等到你，还好我没放弃。"

舒淇说："只要最后是你，我都愿意。"

原来，我们不是爱无能，是真的还没遇到那个对的人。

/5/

我始终相信，会有一个为你翻山越岭、穿过四季、在对的时间点里来到你身边的人。

他一定会穿越这个世界上汹涌的人群，一一地走过他们，怀着一颗用力跳动的心脏走向你。

他一定会带着满腔的热忱和沉甸甸的爱，走向你、抓紧你。他会迫不及待地走到你的身边，如果他年轻，那他一定会像顽劣的孩童霸占着自己的玩具不肯与别人分享般地拥抱你；如果他已经不再年轻，那他一定会像披荆斩棘归来的猎人，在你身边燃起篝火，然后拥抱着你疲惫而放心地睡去。

他一定会找到你，你要等。

——郭敬明

PART 3

忧伤与过往，是你拥抱未来的充足底气

谁不想成为一个人一生中最刻骨铭心的存在，谁不想在成长的道路上一帆风顺，可即使很努力很努力，我们还是经历了很多辛酸与不安，但那些忧伤与过往，给了你重新拥抱美好明天的底气。

和总让你等的人谈恋爱是什么感觉

/1/

之前网上流行着一句话：聊天记录是你们最深的情话。

一个人爱不爱你，都体现在你们的聊天记录里。

他爱你，吃饭时跟你说话，洗澡不擦手也要回你消息，手机没电了就立刻找地方充电，就怕消息回晚了你会担心，即使再累再困，也要跟你说晚安。

他不爱你了，手机就算玩到没电也不会回你，也不怕你担心，他不忙、不累也不困，只是再也不想和你聊天了。

所以当娇娇跟我发微信说她和子言分手的时候，我一点也不感到惊讶。

子言总是让娇娇等。吃饭、看电影，让娇娇等；共度纪念日时，让娇娇等；白天也让娇娇等，晚上也让娇娇等。

等到娇娇眼神落寞，子言还没开口，娇娇就点头说：“好，你忙吧。”

娇娇像只小白兔跟子言聊天，她说早餐吃的什么，说早晨的天气，说她的室友新养的猫，说公司来的新同事，说做了他喜欢的菜，说亲爱的要好好照顾自己，说放假来找我，来看我，以后我们一起。

子言只会笑笑，说“好、嗯”或者不说话。隔了好久，给娇娇发一个“么么哒”的表情。

其实我知道，在这份不对等的爱情里，娇娇有多累，她是个骄傲的公主啊！可为了子言，她变得无比懂事、成熟，不让人操心。

可即便这样，子言还是不够爱她。他从不主动找娇娇聊天，就算主动找了，也是说不了几句话就消失。直到第二天才对娇娇说：“昨晚睡着了，早上醒来想着没什么好回就不回了。”

娇娇问我：“为什么恋爱这么难？”

我说：“不是恋爱难，是你和一个不爱你的人谈恋爱，真的很难。”

他不爱你，就不会跟你聊天气、新来的同事、最近的心情，也不主动找你，不问候你，甚至不想你，你的联系方式在他的通讯记录里不过是摆设罢了。

他不爱你，你们的聊天记录就只是：

你一个人心酸。

你一个人难过。

你一个人陷进去，走不出来。

/2/

也有读者找我，说女朋友经常不回他微信。打电话给她也总是不接，总说没听到。他问我女朋友对他为什么这么冷淡。

我说：**“因为不喜欢了，不爱了。就不想说太多了。”**

他又问：“会不会是她性格就是这样，不理人呢？”

我便不想多说。如果你总问一个人爱不爱你，那他就是不爱你。

真正的爱，从你们说话的语气，聊天的次数，电话的时长，见面的次数里都能看出来，因为它们都是爱的表现。

你总在找他爱你的证明，没用的，他爱不爱你，你心里最知道。

/3/

什么时候开始，我们从最初的无话不谈，聊一整夜都不困到现在一句嗯，一句哦，一句好的，就再也聊不下去。

什么时候开始，你连一个表情包都不愿意发给我，一个字也不再多说。

什么时候开始，我还在你通讯录里，却连你的朋友圈都看不了了。所有的话，我都放在了草稿里。点开你的头像准备发消息，输入框的光标一直在闪，我打打删删，终究还是什么都发不出去。你再也不会看到“对方正在输入……”

什么时候开始，你不再爱我的时候。

你想不起我，你不再关心我，不再属于我，你不爱我了。

别再等他的微信，别再等他的电话，别再等他许你的未来了。

爱你的人，自然会来找你。

他不找你，不想你，不跟你说话，不见你，不管你，仅仅是因为不爱你了。

你问他为什么不爱了又有什么意义。对于一个不爱你的人，什么都可以成为不爱的理由。

算了好不好？放过自己吧！

他不爱你，什么都比你重要

/1/

不知道从什么时候开始，很多人都失恋了，仿佛整座城市都在失恋。

啊，失恋啊失恋，从全城热恋到全城失恋。

男人说："女人不好找，要你有车有房，还要心眼好，只爱她一个，好累啊！"

女人说："男人不好找，没钱的很爱你，但日子会苦。有钱的不爱你，日子会更糟心。人品不好的不能嫁，人品好的爱着爱着，就不爱了。"

仿佛大家都谈不好恋爱。不是今天分手，就是明天说再见。

有一段时间，五个宝宝同一时间和我说他们和另一半分手了。他们和我抱怨：

男朋友不为我花心思；

男朋友每天只会道早安晚安，不会说动人情话，像个机器人；

异地两年,没办法在一起，不想拖着了；

不够在乎，不够爱彼此了；

彼此不联系已经一个月，没说分手也和分手无异了。

两个人在一起，为什么时间越长，问题越多，人生若只如初见多好！

/2/

有人问我什么是爱。我说爱就是想触碰，却收回手。

当你觉得他爱你时，那他就爱你。

当你觉得他不爱时，那他就不爱你。

当你觉得配不上他时，那就是真的配不上他。

当你觉得你们的恋情没指望时，就是没指望了。

其实一个人爱不爱你，你比任何人都知道。

他不爱你，对你的爱视而不见，对你的思念熟视无睹，对你的电话短信置若罔闻。他没死、没坏，只是对你没感觉了。

他爱你，不用你说，都会主动找你，洗澡时看到你的消息都要立刻回你。出去了，他会主动发定位给你，不让你担心。他会打电话和你说他想你了，会用行动证明他爱你，会为你花钱，为你买喜欢的零食、水果、娃娃讨你欢心。

他爱你，你就是他生命中最重要的！

他不爱你，什么都比你重要。

/3/

其实有时候我会想，既然好不容易牵手走到一起的人，为何不珍惜。两个人都努力成为更好的人，都在彼此的生命里不断成长是多好的事情啊！

安东尼说：“能和你现在牵着手的那个人，你们相遇的概率简直近乎奇迹。”

在一起就是奇迹，还有什么理由不珍惜？

好好爱你的那个她。她没有那么无理取闹，非要你用钱证明什么，她只是想要你的爱。你应该让她觉得和你在一起，这辈子就认定你了。只要和你在一起，去哪里，做什么，她都会安心。她很在乎你，才会闹，才会作，所以你要理解、安慰她，对她好一点，让她安心。

好好爱你的那个他。他不是超人，他也会有想哭的时候，他也会觉得压力很大，也希望你能理解他、支持他。再给他一点时间吧，他爱你，只是不善于用言语表达，但他会用他最笨拙的方式去表达对你的爱。他会学着如何讨你欢心，会学着哄你，为你买花、挑礼物，慢慢地变成你理想中的那个人。

/4/

别分手了。

下一次，就谈一场不分手的恋爱。

如果你真的喜欢对方就用心去爱，不喜欢了，走不下去了，也记得和对方好好说再见。

感情不是一个人的事，需要双方一起努力。如果一方不用心而一方用心，那么这段感情是难走到最后的。

大概从始至终，我认为最好的爱情就是慎重并真心诚意地开始，双方没有欺骗，没有隐瞒，只是因为爱才会在一起。然后彼此开始相互磨合，过了那个坎儿就在一起；过不了，也别抱怨，别恶语相向，好好说再见，也算是一段感情的圆满。

真希望你爱的那个人，能一直牵着你的手，打死都不放开了。

好不好呢?

希望你说好。

对不起，我们还是分手吧

/1/

有一次我早上醒来的时候，收到朋友的微信："喵，我失恋了。"我很吃惊：那么好的两个人说散就散了，打死我也不信。我说："你俩闹着玩吧？""所有人都说我们感情好，可再好我们也回不去了。"

后来，她和我说了很多他们分手的理由。也许他累了，不要她了；也许他没有以前那么在乎她了；也许喜欢和合适真是两回事。

"我折磨着他，也折磨着自己。"

我不知道怎么安慰，明明还是在乎彼此的，却无法继续了。明明还爱对方，却不能在一起了。

说回不去就真的回不去了。

/2/

有时候，我会想：情侣之间为什么处着处着就变了？就像歌里唱的：

你不挽留，

我不回头，

什么时候我们失去了纠缠的理由。

真爱一个人不是突然间的心血来潮，可失去一个人却是一点点积攒的。罗马一天建不好，情侣也一天散不了。很多时候，你们相处的点滴，就折射出未来的模样。

有人说两人在一起合不合适，看他们相处的细节就知道。谁也不会一开始就不爱了，总是先珍惜，再慢慢失去。

橘子汽水刚打开瓶盖，喝第一口，舌根感觉很刺激。热恋的时候，你侬我侬，哪怕压马路都是甜蜜的。可渐渐地，两人生活到一起，你对他有恃无恐，他便开始慢慢敷衍你。每一次争吵，你们的心就生出一个疙瘩，留下一个伤口，疙瘩多了，伤口深了，你们的爱情就没以前那么好了。

才知道，原来两个人之间不是不爱了，是不懂得如何相处了，不懂得真正体谅和迁就对方，也有可能他还不是那个最能包容你的人，你也不是他心中那个最适合的人。

很多时候，爱情没有败给时间和距离，是败给了生活和细节。

谁都想人生若只如初见。但比起“乍见之欢”，更重要的还是“久处不厌”。

/3/

朋友后来说，其实感情开始出现裂痕时，她试图弥补，可他却不配合。

她失恋了，听了一整天的歌。哭着问我自己是不是太作，把男朋友作没了。

我挺心疼的。其实比起作，我更愿意相信，他没有那么强的包容她的能力，又或者，他爱过了，也累了，没有耐心等待他们的未来了。

感情的裂痕一旦出现，哪怕彼此再努力填补，也很难使它消失。

为什么很多情侣到了分开之后，才幡然悔悟，还能好好一起时，就不会把握机会?

人啊，总是失去后才懂得珍惜!

/4/

每一段感情都是那么珍贵，那么独一无二。人潮汹涌，偏偏爱上了你。

要知道，现在还能够牵手在一起的人是需要多大的缘分啊。有些人，光是遇见，都赚了。可有些人，缘分还是不够多，就错过了。在一起相处合不合适，才是两人能否牵手长久走下去的理由。

如果双方真的努力了，也无怨无悔啊！爱情，没有对错，没有道理，两个人真的走到了尽头，就不要迁就了。

爱上你是我无法控制的事情。你问我："明知道没有结果，还要爱吗？"我只想说："我如果没有爱你，才是真的没有结果。"

/5/

其实我真的很努力很努力地和你在一起了。你说我作，我有公主病，我可以改。可你没有耐心等我，也不如从前那般爱我了。

你对我们的爱情没有信心了，你不再愿意去经营这份感情了。

我不想委屈自己了，不想每天哭得昏天黑地了，那就到这里了吧。既然说了分手，就不要回头再哭得像条狗。我还能抱抱自己，跟自己说好好的，我会好好生活。虽然还是很爱你，很想和你在一起，但也真的只能到这里了。你已经对我们的未来失望了，那我还期望什么。

相爱的人分道扬镳了，要怎么回头呢？你的咖啡已经变成了红酒，酒醒后也许会难受，但至少我们不用再说分手。

/6/

爱对了是爱情，爱错了是青春。

也许，我们成了最熟悉的陌生人，是彼此好友列表里再也不会点开的存在。说不难过是假的，谁谈了场分手的恋爱会高兴啊。

可我还是要走，还是要放下这段感情。因为我们已经分手了。

敬往事一杯酒，再爱也不回头。敬未来一杯酒，再苦也不将就。下一次，一定会比现在更好，我会学会包容和理解，你会找到比我更合适的人，我也会遇见另一个更懂我、更爱我的人。

我想把头发养长，不吹晚风，不喝烈酒，不再想起你。

让我们都慢慢学会成长，变成更好的自己。

分手快乐，此去经年，不见。

她终会摆脱忧伤与过往，拥抱未来

/1/

有一次一位宝宝跟我聊天，说自己被分手了。原因是心心念念爱得不要不要的男朋友，在和她冷战时都能跟别的女生撩上，从微信到陌陌，贴吧到微博，左一个“么么哒”的表情发着，右一个“亲爱的”叫着。简直上天下地，无孔不入，把她弄得一愣一愣的。

我说：“他这么会撩，怎么不去青青草原抓羊。”她说之前一直不知道这些事，男朋友提分手时，她特别难过，无论怎么挽留都没用。后来她鬼使神差，退了常用的微信，登了工作用的小号。

不登还好，一登就出大事，剧情真是比国产八点档电视剧还奇葩。小号的朋友圈里，彼时彼刻是他男朋友在和别的女生疯狂秀恩爱，又是牵手又是拥抱的，还配了文字：遇见你是一种幸福……

What？她这边眼泪还没干，男生那边就开火箭似的速度有了女朋友，开始赤裸裸地秀恩爱了，连个失恋期都不用熬，厉害得只想让人双击666啊！

宝宝说，要不是有这小号，她根本不知道男友在和自己交往时，屏蔽了她多少消息。什么“见面”“第一次和你吃饭”……从没记录过和她在一起的点滴，也不发圈的男友，竟然对别的女生上心到如此程度。

大概这个所谓的男友也忘了她这个号的存在。

她啊，前一秒还伤心欲绝，后一秒就脊背发凉。那个嘴上总说“我爱你”的人，心里却写满了隐瞒和背叛，真是知人知面不知心！

感情中最容不得就是欺骗，可以不爱，但请别伤害。

/2/

没有任何人愿意把自己的对象，拿来跟别人分享。没有的，感情永远都很自私。

我一闺密之前就爱过段位更高的渣男。这男的，主动承认自己爱上了别人，当着女友的面声泪俱下，说自己不能没有新找的那个她，希望得到女友成全。说对不起女友，希望女友找到真正的幸福。还说：

“虽然知道你会恨我，但我还是要说。

“你打我吧。我配不上你。

“对不起你。可我真的爱她。”

天哪！这话说得动情动心，爱上别人，我情非得已；爱上别人，所以我找到真爱；爱上别人，你不成全我们就是你小心眼。

What？我受伤了，我被背叛、欺骗了，我还要气量大地说“好，我原谅你，不拦着你，去寻找属于自己的幸福吧。”

所以我还要为你鼓掌，祝贺你找到真爱？所以你爱上别人不是你的错，要怪就怪爱情来得太快，就像龙卷风？

可以啊，你撩别人，撩到牵手、拥抱，做你的女朋友，想怎么做就怎么做的时候，怎么就没想过你有女朋友啊？你怎么不想想有一个无时无刻不在学着怎么和你好好在一起，体谅你、宽容你、照顾你的女朋友？一个什么都考虑你、真的想过你们的未来、一直在努力的女朋友？

她给你的那么多爱就不是爱，她对你的好就不是好。凭什么啊？既然如此，为何还要跟她在一起，更过分的是，还要在和她在一起的时候，做那些龌龊又伤她的事。

你去俘获另一个女孩的芳心的时候，怎么就想不到她整颗心都放你身上了呢？你去牵另一个女孩的手，对她说那些你和你女友说的一样的话，良心不会痛吗？！真当自己是世纪情圣了？姑娘个个都爱你，离开你会死啊！

你这样的人不配做她男朋友。

/3/

会撩是本事，到处撩就恶心人了。

大概这些动辄乱撩、玩弄感情的人渣，永远不懂“责任”二字为何意，也不知道真正的爱情到底是什么。

一个没有责任感的男人是不值得托付的。他连跟你在一起最基本的彼此坦诚都做不到，还要在享受爱的同时再去勾搭别人，一遇到好的就把你踹了，这样的人你爱他不嫌脏吗？

爱是发自内心的喜悦，是有生之年，与你欣喜相逢。是你中有我，我中有你，互相依存的状态。所以既然和对方在一起，就是对其的一种承诺。男朋友不是摆设，是一种责任。

负不起这个责任，就不要轻易成为别人的男朋友！

患难见真情，分手见人品。分手时最能看清一个男人到底值不值得爱。

找男朋友，重要的真不是他多高、多帅、多有钱，而是他的人品，能多让你信服。

人品不好的，再多金帅气又有何用？他们拥有的只有肤浅、虚伪的爱情。他们会肆无忌惮地伤害好姑娘，也被更多渣女玩弄于股掌之间，永远得不到真爱。

辽阔此生，连个真心爱的人都没有。还有什么是比得不到真爱更可悲的存在呢？

/4/

别再觉得自己谈好几个女朋友多了不起、多值得炫耀了。这不叫本事，叫low！

我所见过的好男人，是既有颜值又风趣，对人好但因人而异，凡事不用多说，细微之处全能见到他对女朋友的爱。遇见一个人便认准了她，绝无二心。即使到了最后，无法在一起，也会好好结束这段恋情。他们对待感情，从来真挚，与对方共同成长，彼此依赖又相互独立。

责任是什么，就是牵起她的手，给她一份该有的幸福。就是放开她的手，即使不再是她的依靠，也祝福她。

会爱的人才在恋情里拎得清，我从不觉得爱一个人就得爱他一辈子，而不许爱别人了。

我反对的是还没分手就找新对象，明明还有女朋友却以单身身份去撩别人的行为。

你去撩啊，你去糟蹋感情啊，总有一天你会无路可退，身后是万丈深渊，后悔莫及。

/5/

男人，请真诚点，好好爱一个爱你的人，因为你不珍惜的话，以后可能就再也没有了。

有女朋友，就不要乱撩别人，乱撩走火，小心爆炸。

女人，请看清楚人再付出你的真心，他喜欢撩你，不代表他喜欢你。真正喜欢你的人，你一定感受得到。他不爱你，就是不爱。你哭着求着没用，别把自尊扔地上，任人糟蹋了。

爱过人渣不可怕，可你不能一直眼瞎爱上同一个人渣。

找一个与你相配，值得你爱的人去爱。放下那些错的、坏的、死掉的感情。

“爱之于我不是肌肤之亲，不是一蔬一饭，它是一种不死的欲望，是疲惫生活的英雄梦想。”

我喜欢杜拉斯的话。

爱情，唯有真挚才能细水长流。唯有坦诚，才打动人心。

我想，这才是我们生而为人、毕生所追寻的爱。

我可能谈了场假恋爱

有一段时间很流行“假”。

“我可能看了假书，买了假水笔，考了假试；我可能结了假婚，养了假儿子，买了假货；我可能找了假男朋友，谈了假恋爱，处了假对象。”

什么？世界都是假的？这让我怀疑人生哪！

/1/

但我觉得，交了假男朋友可能是真的。

我身边总有些女孩形单影只，一个人上下班、吃饭、追剧、睡觉。说她们单身吧，她们个个有男友。说她们在谈异地恋吧，人家和对象在同城。

得到的解释是：大家都很忙，没那么多时间你侬我侬。

哦，好像很流行这样：一个城市，却跟网友一样天天和微信谈情说爱，平常忙就算了，周末彼此也没空。你就陪你闺密，我就陪我兄弟，不就是不能见面嘛，大家都是成年人，一个人扛着有什么大不了。

怪不得网上说：坚强的自己，不需要抱抱。

可我总觉得这话太酸了，哪有人会不想和自己喜欢的人见面、吃饭、亲亲、抱抱、在一起啊？

感情里，没有比恋爱像单身，明明两个人同城非弄成线上恋爱更糟心的事了吧？

/2/

之前有个朋友恋爱状态就这样，每次她约我们去喝茶，我们总问：“你男朋友呢？”

她的心一下子沉到海底，喝着茶说：“他很忙。”

忙忙忙，有那么忙吗？连回个短信，打个电话，出来吃个饭的时间都没有？比国家主席都忙？吃饭、喝水、上厕所，睡觉的时间都没有？

我说：“他不是忙，是你对他不重要，他很忙，不愿为你有空。”

她说：“我知道，但是他有空会带我去度假，每次出差也买礼物给我。虽然对我忽冷忽热，但那也是好的啊！”

我说：“爱情呢，其实没有那么灿烂迷人，平凡才可贵。”

他能带你去旅游，却不能陪你逛超市，和你一起做饭，窝在沙发看电影。他送你贵重礼物，却不能在雨天为你撑伞，在晴天为你遮阳，天冷为你暖手。就连你生病时，也只是用电话传情：多喝热水，照顾好自己，隔空给你一个吻。他根本不会比谁都担心、着急，非要拉你去医院，舍不得你难受。

爱情，就是融入彼此生活的缝隙，陪伴在彼此身边，让那些艰涩的时光变得温暖。

朋友苦笑着说："可能我谈了个假恋爱，找了个假对象吧。"

是吧。恋爱过得比单身时候还像单身，情人节、纪念日都是一个人过，身边的情侣狗粮撒得不要不要的，自己满脸委屈，真是难受！

/3/

微博上有个话题：恋爱中，你什么时候最孤单？

评论里说：

两个人在一起却比一个人更孤单。

我明明有对象却还孤独得像条狗。

干什么都是一个人，他说我能干，坚强到他无比放心。

我一个人吃饭、旅行、到处走走停停，也一个人看书、写信、自己对话谈心。

无独有偶，我大学一朋友也撞上了这样的人。明明和男友同校，却一周见一次，给他打电话他不接，发信息好久才回，说他在打游戏。等他一起吃饭，女孩愣是饿着肚子从早等到晚，他姗姗来迟，只说了一句："我吃过了，你自己吃吧。"

她这是不知道谈的哪门子的恋爱。她男朋友就是那种、她不主动就不回应她的人。说洗澡去了，就仿佛死在了浴室；说睡觉了，就仿佛死在了床上；说吃饭去了，就仿佛死在了饭桌上。

我们都说“这种男的送我都不要”。她特别委屈地和我们诉苦：“是他先追的我，开始对我那么好，我动心了，他却变了。”

后来朋友分手了，在男生近乎一个月没和她说过一句话之后，她终于断了念想。

这种恋爱谈得够憋屈的，这种分手也很low。男方连分手都不说，还拖着让女方说出口，女方的一片真心真的是给错了人，明明有对象，还非得被贴个“单身”的标签，谁受得了啊？即使分手了，也伤痕累累。

/4/

人啊，后来过了遍脑子，就知道了，所谓的假恋爱都是不真诚的恋爱罢了。有些人嘴上说爱，却很少有行动。他们以为两个人在一起，就只是在一起而已，却从未想过真正进入对方的生活中。

在上述的恋爱中，男/女朋友形同虚设。这样的恋情就像是自导自演的独角戏，而有男朋友依然要独立，还不是被逼的。如果有人给我撑着，哪里还想坚强？

去他的坚强，姐姐我要抱抱。

当恋爱失去了原本真挚的模样，两个人在一起凑合着，只是看上去光鲜，撕去表面，不过只剩下虚无。

我很喜欢《生活大爆炸》里，谢尔顿在霍尔德生活上的致辞：人穷尽一生追寻另一个人的事，我一直无法理解。或许是我自己太有意思，无须他人陪伴，所以我祝你们在对方身上得到的快乐，与我给自己的一样多。

如果对方并没有自己想得有趣、温暖、安心，能够给自己足够多的陪伴，那还不如自己一个人。

低质量的恋爱，不如高质量地做自己。伤人至深的假恋爱，也不如静下心来等到的那段真感情。

/5/

多希望你能戒掉找假男朋友、谈假恋爱、认识假人的习惯，假烟、假酒、假药已经很可怕了。如果连感情都是假的，那它的副作用实在太大了。

爱惜自己，你很贵，你很美，你也很有趣，你独立、坚强且有能力，但这并不代表，你不能拥有一个呵护自己、对你百般疼爱、把你当成女儿宠的对象，不能拥有一段鲜衣怒马、烈焰繁花般的真挚感情。

希望每一个姑娘都能找到那个爱自己的护妻狂魔，让那些假恋爱、假对象、假男朋友、假人都统统滚吧。

姐谈恋爱就要有恋爱的感觉，要抱抱，要你侬我侬，被男朋友宠上天，要经常和你见面、约会，说好多好多话，一起吃好多好多顿饭，就要和你赖在一起。

如果这些都没有，那谈什么恋爱啊！

希望我们都能爱惜身体，远离假货。

希望所有恋情，都能少一点儿套路，多一点儿真诚。

女朋友好幼稚，要不要和她分手

“我觉得我女朋友好幼稚。”大牙跟我说这话的时候，我有点被吓到。忙问他：“不是吧？你俩感情那么好，情人节、纪念日的时候在朋友圈和微博上秀恩爱，现在怎么了？”

大牙叹口气，说道：“小蝶跟装了自动卫星探测器一样，我要是稍微晚点儿回她信息，她就会打电话夺命狂催我理她，根本不管我在工作还是在开会。我觉得好累啊，人家都说女朋友应该找成熟点的。以前不信，现在真信了。”

/1/

听完大牙说的话，我有点生气，因为我真的不觉得小蝶有什么问题。这个姑娘我太懂了，非常缺乏安全感，之前谈的恋爱她都全心投入，分手后却遍体鳞伤。当暖男大牙牵起她的手时，她真的被感动了，但相应的，因为长期缺乏安全感让她在和大牙的这份感情里很紧张。

虽然我很理解小蝶，因为这些让大牙透不过气的举动都是她在乎他的证明。但男生有时候跟女生想的真不大一样，你这样的在乎，或许在他看来是一种负担，是作天作地。

你越是紧张他，想要用这样的方式得到他的回应，证明他在乎你，他越会觉得你神经兮兮的，影响了他正常的生活。久而久之，你们之间的爱情就会出现问题。

/2/

很多男生说自己喜欢不黏人的女朋友，可是什么样的女朋友才叫“不黏人”呢？就是不会时时刻刻想知道你在做什么，不会发朋友圈标记你，甚至都不会到处宣扬自己有男朋友了。不秀恩爱，永远给你自由和最大的权益，从不在乎你穿皮鞋还是运动鞋，穿T恤衫还是衬衣，把你放在自由的国度。这样看来，你好像确实很舒心。

可是你就不想想：她为什么可以那么气定神闲地不被你的情绪牵动一丝一毫啊？原因只有一个，那就是她不爱你。

你问我，一个男人如何让自己的女朋友成熟一点？那就是不爱，她不爱你的时候，比你妈还成熟。

她做出的“幼稚”行为全部都是因为她爱你，所以才会那么在乎你，时时刻刻想着你，想要一直黏着你。

她不爱你的时候，理都不想理你。

/3/

之前看过一个很让人无语的问题：女朋友像个没长大的孩子，怎样让她独立一点儿，成熟一点儿，不那么作？

题主这样描述他的女朋友：和女朋友交往了一年多，觉得她智商极低，总是做一些很无脑的行为，比如要他送给自己很多娃娃，喜欢给他做很可爱的便当，经常要他陪自己去游乐场玩儿，爱看动画片……

我看完很生气，这么可爱又有少女心的女孩子，为什么男生觉得她作呢？难道一定要让她云淡风轻、看淡一切，才是好的女朋友吗？难道这就是他所谓的成熟？

再看评论，果不其然大家都在说他：

“身在福中不知福，还不知道珍惜，也是没谁了！”

“兄弟，有女朋友就知足吧！愿意给你做饭、哄你开心，你求什么？”

在自己男朋友面前还那么独立、懂事的女人不是不爱你，就是完全不关心你好吧？

如果你爱她，怎么会认为她不好呢？怎么会说她幼稚呢？

你女朋友其实真的挺好的，瞧瞧，群众的眼睛多雪亮。

/4/

男生啊，真的别再嫌自己女朋友幼稚、不懂事了。那是因为她在乎你，所以才会时不时想起你，想要知道你在做什么。因为她爱你，所以才会为你买衣服，让你穿得好。因为她需要你，所以才会收起自己所有的独立和坚强，只想在你面前当个什么都不想的小女孩儿。因为他相信你，想依赖你，所以才会放心地把自己交给你啊！

不然你真的以为她是个大路痴，走什么都迷路不会用百度？真当她没力气，上个楼都能气喘吁吁？别说瓶盖了，她拧消防栓都可以啊！

别以为她真的什么都做不好，她只是爱你，想让你知道她有多需要你。

要不是她爱你，想要你照顾，你以为你是谁！

你别忘了，她可以多幼稚地黏着你，就可以多成熟、潇洒地甩了你。她对你作不是她天生就爱作，对你依赖不是自己天生就软弱，她这么做全是因为她爱你。

/5/

所以，想和男生说一下：珍惜那个还会时常烦你，有事没事想着你的小傻瓜吧。还有那个在你面前什么都做不好，好像没了你什么都不行的小女孩儿吧。不要嫌她烦、嫌她闹，她不闹了才是真出事了。

如果有一天，你发现她再也不主动联系你，不再关心你，什么话也不告诉你，遇到什么问题也不再想起你，她在你面前展现出自己从未有过的成熟果断，优雅自信，那只有一个理由了，她已经不爱你了，再也不需要你了。

如果你问我，一个黏人女孩在你面前如何变成一个独立自强的女人？她不爱你就能做到。

假如微信也有“已读”功能

/1/

手机震了一下，是冰冰的一条语音微信。

我忙不迭打开，将手机凑到了耳边，只听见她有气无力地说：“喵，你说微信要是有已读功能该多好，这样我就不用整天吃饭牵挂着‘他到底是不是读了信息没回？’或是睡觉前也牵挂着‘他是不是太忙还没看到’。”

“他为什么不回我微信呢？”

放下手机后，我不知道该怎么回答她。

冰冰这段恋情在我们好友看来一直很虐，男生是冰冰倒追的。如果说喜欢一个人真有一见钟情，那冰冰就是那样的。

明明在我们看来各方面都不适合的男生，冰冰就是喜欢得不要不要的。任凭我们大眼瞪小眼，她都假装没看见，眼里心里都只剩下她的周南。

可周南和她在一起后，我却从未发觉他对冰冰的任何宠爱。都说男生爱一个女生一定会把她宠上天，但我可爱的冰冰却是无比乖巧懂事越来越体贴、退让。

冰冰生理期，周南没买过一包红糖甚至没有一声问候。

冰冰没吃饭，周南说了一句“你自己出去吃”，然后继续和室友开黑打游戏。

冰冰过节从来都收不到礼物，还给周南送很多他都舍不得花钱买的东西。

周南可以一两天不回冰冰一个微信和一个电话。冰冰到他楼下他才懒洋洋地下楼，说没看见。然后又转身上去。

冰冰一路哭着回寝室，路过的女生心疼地给她递纸，她说她想放弃，可第二天又跟没事了一样。

而之后她就是重复这样的伤心。

她无数次地问我：“如果微信也有‘已读’功能该多好，这样至少能知道他有没有看我的信息，我的心意。”

可就算有“已读”功能，你发的消息在不爱你的人看来，跟那些他看都不看，清都不想清的垃圾短信有什么区别?

爱情，终究骗不了自己。

/2/

朋友曾跟我非常平静又悲伤地说过一段话：

爱一个人，就像稻田里吹过的风。

害怕他知道，又害怕他不知道，更害怕他知道假装不知道。

那么放在微信里也是这样——

爱一个人，就像屏幕那端无法揣测的心情。

害怕他看了消息不高兴，又害怕他不回消息，更害怕他看到假装没看到。

我想起一个读者姑娘跟我说过的心事，她和男友异地，开始时两人总是很努力地挤时间、省钱，坐车相聚，可渐渐地，当她来来回回，每一次都是不远万里相聚了，最后却不欢而散，她就再也不知道自己这样做有什么意义了。

他们明明都很想在一起，却慢慢地因为消息没及时回，事情耽搁，生活不在一起没了话题，两人都不再挽留彼此。

她说自己再也不想要异地恋了。

可我知道，真正打败他们的不是时间、距离等外在的一切，打败他们爱情的还是他们自己的心。

如果一个人足够爱你，他就会无比珍惜你。

不管是那些旁人看上去没意义的话语、表情，在他看来都是宝贵的、美好的。因为爱一个人就是说很多很多话，哪怕是废话。

同样地，你一个不开心，他会急成热锅上的蚂蚁，坐18小时硬座算什么，只剩下商务座都舍得买票来看你。

更别说见了你有多开心了，你就是小祖宗，你说往东他绝对不往西。他巴不得一天24小时像块狗皮膏药一样黏着你，撕都撕不下来。

他还不回你微信？算了吧，他是不想不回你。

他没出车祸，没被外星人绑架，只是他觉得，你，不重要。

/3/

说起微信没有“已读”功能让很多人受罪，可大丫的爱情就甜蜜稳当多了。

那天我问她“如果你男朋友不回你微信你会难受吗？”

她特别果断地说：“我为什么要难受？他不回我一定有事在忙，没有的话就是一时半会儿耽搁了，总有原因，我难受什么？”

原来大丫之所以这样斩钉截铁就是因为男朋友给足了她安全感。

每天睡前他都会打电话，跟她说晚安。

微信他就算当时没回，也会在有空后第一时间给她打电话，就算再晚也会发个消息让她安心。

他一有时间就来找她，她要去他那里，他也会帮她提前订好机票、酒店。关于她的一切，他都牢牢记在心里。

在他那儿，不管多不长心的大丫都瞬间被宠成小公主。

大丫说，微信“已读”功能对她来说没有任何意义，因为她知道男友喜欢她、在意她，跟他“读没读消息”真的没关系。

爱情，不就是这样吗？不需要用各种方式佐证，只是要拥有安全感，内心满足，爱的人就在身边。

他爱不爱你，你自己知道。

他读没读你微信，你很清楚。

/4/

曾几何时，微博有“已读”功能，可有又怎样，你喜欢的人不喜欢你，不回你，他看没看你的消息都没有意义。

空间有访客记录，可有又怎样。他来来去去看了又看，却不找你，就是不爱你。

那么现在，微信“已读”又有什么用？

仅仅是你可以不再猜测“他有没有看我微信”，也不再多出太多无谓的等待。

不爱你的人你终究感动不了他，就像你永远叫不醒一个装睡的人。

那天，很晚了。

鹿鹿说了句特别扎心的话：“也许，如果有一天微信真的有‘已读’功能，也可能只是给这世上被拒绝的人加了条更伤心的理由了。”

那么，就让我自私地最后再保留一下那些骄傲和尊严吧。

收起那些敏感和脆弱，和那些不爱的人说再见。

我再也不用猜你爱不爱我。

因为我知道。你所有的一切都是不爱。

我还是很爱你，只是不再喜欢你了。

你女朋友到底有多丑，怎么从没见你在朋友圈秀过

/1/

说个听来的故事。

有一天，进哥跟我打语音电话，我们聊啊聊，不知怎的就说起一件挺有意思的事。他说一个女性朋友问他："为什么男朋友不愿把她在朋友圈公布呢？"

进哥说听到这样的问题，感到蛮尴尬的。毕竟他是个男的，所以站在男生角度，进哥这么回答："有时候，谈恋爱不在朋友圈里秀，并不代表他不喜欢你。也许你男朋友不喜欢通过这样的方式来表现自己的爱情，又或者他觉得感情还没到秀的时候。"

女孩就说："可他连我弟弟、哥哥、同学、朋友等认识的人都秀过，就是不发我的照片，也不在朋友圈表明自己'女朋友'的存在。他也不是个不爱发朋友圈的人，相反非常活泼，很小的事都喜欢发朋友圈。是我真的那么丑，见不得人吗？"

进哥就说："不如你去问问男友。"后来妹子的男朋友想了好久，

就说不是不承认，也不是嫌她丑，就是不喜欢让别人知道他恋爱了，只是单纯地不喜欢让人知道。

听到这个答案，我真的很气愤。进哥还说女孩特别没安全感，有天还做了一个梦，梦到男朋友其实在外面有女朋友，她成第三者了。

你看，如果一个男人真的很爱一个女人，又怎么会让她这般魂不守舍呢？

/2/

“恋爱该不该秀朋友圈”，不是个新话题了。以前就有读者跟我说，她男朋友也是从来不秀恩爱，她都去他家见过父母了，可在他父母面前，她也只是他的朋友。出门在外，碰到熟人，本来牵着的手他都会突然放开。有次他把他朋友圈封面换成女朋友的照片，他男朋友同事看到了就问：“这你女朋友啊？”他还矢口否认说：“不是啊，普通朋友。”然后立马换掉头像。

我翻了个白眼，说：“宝宝啊，你确定他是你的男朋友？”

她那天就生气了，可能再也没法忍了。他就解释：“不是不喜欢秀女朋友，是觉得还没到时候。”有句话不是说恋爱中的女孩子都很傻吗，所以她就相信了他。

后来好几天他们没说话，她去看男朋友朋友圈也没更新。她就闲着无事登了自己的小号，这下发现了惊天大事。

哟，小号上她看见了她男朋友发了状态，还秀了跟一个陌生女人的牵手照，配文：终于找到你，我一定要好好珍惜，亲爱的×××。

她看得真是心里在滴血，她拿小号给他点了个赞，评论了几句，之后她就一个人哭了，把他拉黑了。

她觉得自己被一个男人的谎言骗得团团转，什么不晒朋友圈，其实他心里就从没有她这个女朋友。

/3/

不知道看到这里你是怎么想的，反正从始至终我都相信一句话：没有秀恩爱就秀死的情侣，只有那些见不得光的假爱情，恋爱就该秀啊！

除非他真的是个不喜欢用微信的人，除此之外，我只相信，他不够喜欢你，不愿把你公之于众。

不够喜欢你的原因太多了。有的人觉得你很熟悉，不愿放弃，可要他秀个恩爱，告诉别人你是他女朋友，他又不想承认。还有的人就把你当备胎，他熟悉的人都不知道你的存在，你不光不出现在他朋友圈、微博里，他的手机里都可能没存你的电话。

所以啊，但凡你跟他在一起有一点没有安全感都要注意，你觉得他不够喜欢你，那就是不够喜欢。你觉得他不关心你，就是不关心，你觉得他总是忽略你，那就是忽略。因为他没把你放在心里，因为他真的不够爱你。

不爱一个人，什么都是分手的理由。

真的，遇到这样的男人，就删了他吧。

/4/

当然，男朋友是否真的把你当女朋友，不能只看“发不发朋友圈，秀不秀恩爱”这一点。更多的是，他有没有让你走进他的生活，有没有让你不断了解他，而不是看着你越来越不懂他，猜不透他；他有没有告诉你他的行踪，而不是天天不知去向让你自己琢磨。

一个男人看重你，你一定能感觉到。别用眼睛，得用你的心去感受。

我承认，这世上有一些低调、不在朋友圈秀恩爱的男人，他们不喜欢别人窥测他的私生活，但这并不能成为让女朋友不安的理由。因为他也仅仅是不发朋友圈秀恩爱而已，毕竟他身边的好友都知道你，与他共事的同事都见过你，他会大方地向父母介绍你，说你是他女朋友，他会让你安心。

而那些因为女朋友逼他发朋友圈就说她作的男人，我就想问了：你有什么资格说别人作，平心而论，你要是在生活中给过她足够的安全感，她又怎么会要你在朋友圈秀恩爱?

女生总爱用一些事，不断检验身边的男人爱不爱她。说到底，她只是对这段感情失望了，而你的冷漠也成了压死你们爱情的最后一根稻草。

真心喜欢你的人，一定会给你足够的安全感。

谈恋爱啊，不要给自己留退路，有了退路就不会用心了。

那些不愿意秀恩爱又不给你安全感的男人，他就是不喜欢你。

除此之外，我真的想不出其他原因了。

有些分手蓄谋已久，有些恋爱说走就走

/1/

有一次七先生和我在小酒馆喝酒，看他闷闷不乐，我就问他：“开心先生，谁惹你不开心了？”

他喝了口酒，斜着眼看我，有气无力地说：“我可能真的谈了场假恋爱，找了个假女朋友。”

七先生说的这段故事，主角是他和办公室新来的女孩儿。女孩儿很可爱，皮肤很白，小巧玲珑。七先生第一次见她的时候，就给我发微信说：“我觉得这次找到了真爱。”

后来女孩在七先生强烈的追求下答应和他交往，七先生也开始攒钱，我们叫他出来聚会他都拒绝了，他说要存钱给女朋友当旅游基金。

我们都说他重色轻友，有女朋友之前天天和我们出去玩儿，现在人也叫不出来了，一下班就牵着女朋友慢悠悠地走回家。

这样看来，七先生还蛮幸福的。

可有些东西，旁人看到的永远是表象。

事情发生他们交往的50天后，那是他们第一次去旅行，早上七先生先起床了，看到女友在熟睡，就没忍心叫醒她，而她的手机就在那时震动了，有人给她发了一条微信。

七先生说他那天有点儿好奇，拿起了手机，看到了那条不该看的信息：

“宝贝，你起床了吗？”

七先生当时就有点儿生气，可他还是选择相信自己的女友，也没有问她。只是回来的路上，他一直都心事重重的。他女朋友一直问他怎么了，他都摇头，说自己没事。

后来，七先生发现女友从来不在她的朋友圈里公开他们的恋情。不管是朋友圈封面还是一条条说说里，都没有任何提到他是女孩儿男朋友的话。

这下七先生慌了，他问女友：“不对啊，我可是我们刚交往的时候就把你带给兄弟姐妹认识的，你怎么都没把我给你闺蜜引荐过啊？”

女友捋了捋发梢，笑着说：“你要知道我对恋爱还是很看重的，我想等我们关系再稳定点儿的时候公开。我也需要一个过程。”

因为七先生很爱她，所以相信了她的话。

再后来，他女友就像变了一个人似的，七先生给她发消息，她经常四五个小时后才回，给她打电话她也不接。七先生问她原因，她说没听到。

七先生说到这里，又喝了一口酒，郁闷地看着我说："她这明明就是故意不回，还说没听到，就算没听到，看到了不会立刻回一个电话吗？我可是一晚上给她打了二十个电话。"

大概人都是这么奇怪，那个人越不理你，你越会希望他理你，你就会放低姿态，和他说："你理我一下好不好。"而他早就在心里默默回答了："不好。"

/2/

毋庸置疑，在七先生女友信息不回、电话不接、人找不到的分手预告里，七先生失恋了。

很久之后，他顿悟了，于是他发了条说说："有些分手预谋已久，有些恋爱说走就走。"

他们分手之后，七先生没有删掉前女友的微信好友。但他令他吃惊的是，他前女友在和他分手后的第二天，就和一个帅哥,还有一个他没见过的女孩儿一起去了新加坡旅游。

后来他知道了那女孩儿就是她的闺蜜。至于那男生，当然是她的新男朋友，她找新男友的速度可真够快的。

他又想起那条无意间瞥见的微信，或许这一切都是骗局，或许女孩儿和他交往的时候，就一直在和其他男人保持暧昧的关系。又或许她本来就有男友，只是正好和他吵架的时候七先生出现了，后来他们和好了，七先生这个备胎自然也就没有什么用处了。

七先生不想知道事情的真相到底是怎样的，这一次他被伤得很深。我能看出来，他有多无奈。

一个想找个人安安稳稳地在一起的暖男，却总是在爱情的世界里跌跌撞撞。

有时候真想找个人好好在一起，长久地在一起，可现实总是那么不尽如人意。

她早就不喜欢你了，只是你不愿意相信。你自欺欺人，相信她所做的那些让你难过的言行举动都是有原因的。其实原因只是她不爱你了。

或许一开始她就没打算用心对待这份感情，等新鲜感一过，她自然就不会愿意为之努力了。

有些分手蓄谋已久，只是你没有尽早发现罢了。

/3/

我见过很多不同类型的分手方式。

有的隔着屏幕说再见，然后拉黑彼此。

有的一方在电话里话还没说完，就被另一方无情地挂断了。

有的分手很被动，正好你撞见了他和第三者在一起，也就分手了。

有的分手很暴躁，双方相互拉扯，闹得鸡飞狗跳。

有的分手无声无息，彼此沉默，到了最后就莫名其妙地失去对方。

尽管上述的分手方式不同，但这样的方式都很low，就像对过去在一起时甜蜜快乐的经历做的一种讽刺。

真正好的恋爱方式是什么？是爱的时候，彼此真诚去爱。即使彼此都很努力了，最后还是不合适，也能好好说再见。

选择认真的分手方式，是对往昔恋情的一种尊重，也是对双方负责。

好好开始，好好结束，感谢这段时间你的陪伴，祝你找到更好的人。

爱情是平等的，是《致橡树》里：我们分担寒潮、风雷、霹雳；我们共享雾霭流岚、虹霓。

如果你们不合适，那你就放手，别太执着。如果你们合适，就好好珍惜彼此，好好相爱。

大概所有好的爱情，都有一个好的开始。即使没有一起走到最后，也要郑重地和对方说一句再见。这样做既尊重自己，又尊重他人，也尊重那段不可替代的岁月。这是我认为的一个成年人该有的爱情观。希望你也如此，真诚去爱。

不想做你的蓄谋已久，只想和你天长地久。

你的塑料男朋友，正在拖垮你的人生

/1/

有一次姐妹们小聚，娇娇从头到尾愁眉苦脸，跟人欠了她五百万不还似的，我问“你干什么”。她才说自己可能谈了个塑料男朋友，不回她微信，不给她打电话，连对她最基本的关心问候都少之又少。

“他连我生日都记不住！”

“发红包从没超过6.6元！”

“他说爱我、想我，可从来没有任何行动！”

我家柴火妞大蜜儿坐不住了，她满不在意地说：“那就让他变成前男友啊！”

我们笑着拍她说：“你以为人家娇娇像你，说风就是雨啊？”

一个星期后，娇娇深夜出现在我们面前，推着两个行李箱，和我们说：“我分手了。”

我们给了她一个拥抱，一路上什么也没说，我们拖着她的行李回了家。

/2/

原以为脆弱的娇娇会因为这次恋情失败，难受好一阵子，不是偷着哭就是不断发朋友圈，我们都做好车轮战安慰准备了，这家伙突然不按套路出牌了。

后来大蜜儿顶着一头鸡毛问我："敢情现在失个恋，还能脱胎换骨了？"

可不是吗，失恋后的娇娇让我俩眼睛都快从眼眶里掉出来了。

失恋后，她马不停蹄地工作，丢掉以前所有回忆。她学烹饪、美妆,每天健康饮食，关注自己每一天体脂的变化。对了，她还把朋友圈关了，可早起、晨跑、打卡背单词，样样不落。

我打趣说："娇妹子你这是要变成行动达人的节奏啊！"

她骄傲地笑着说："原来以前的自己错过了这么多精彩的生活，以前的人生只有他。现在想想，这样的感情就跟塑料一样经不起风雨。

"以前啊，我总是唯唯诺诺地跟着那个喜欢的人，因为太喜欢他，他说什么都答应，即使自己不喜欢也满足他。可现在真的好恨那样的自己，**为什么一定要顺着别人，变成别人喜欢的样子呢？**

"爱情是强者的游戏，弱者只会越来越弱，真正的爱情必须势均力敌。"

/3/

势均力敌，才能做回自己。

说起失恋，我记得个印象挺深的事，就是朋友圈一宝宝给我留言，问我怎么走出失恋的。

其实当时我看着还挺蒙的，要不是她提起，我真忘了自己还失恋了。

真的，那段时间我好得不得了。每天看美妆博主视频学穿衣、化妆、编头发……学习各种护肤成分，如何科学美白，健康瘦身，还在小本子上记笔记。

失恋后，我还爱上了烘焙，光是做个戚风蛋糕都够忙活一下午。从以前什么都不会到现在都不爱逛面包店，想吃什么点心自己可以做。

除此之外，我还爱笑了，再也不是那个整天为爱情愁眉苦脸的女孩。

用朋友的话说："失恋后，整个世界都大了。"

/4/

享受变好的每一天，不愿错过分秒，这种感觉真的会上瘾。

我也经历过那种失去一个人、一段感情，心里空落落的时期，可让自己忙起来后，一切都好了。

所以后来，看着那些被失恋困住的姑娘还在挣扎，等待那个不爱自己的人回心转意。就明白了，这世上没有时光机，就算曾经你们再甜蜜，一个男人也不会无缘无故回头再找一个从头到脚不高兴的人了。

你只有努力优秀，他才会拼了命地去追逐你。

而那时，你是自己的女王，那么好的你，他早已配不上。

你一定要爱自己多一点，哪怕没人爱你。

或许女人真正的成长就是在物质和精神上，能自主并不再过度依赖别人的时候，即使在恋爱中也别忘了独立，自己的空间、人生和事业，珍惜那些来之不易的友情，这些才是你一蹶不振时真正的依靠。

总有一天你会明白，爱情不是生命的全部，爱情是两个足够好的人才有的赏赐。

如果必须恋爱，也请找一个跟你旗鼓相当的人。你们相互依恋又彼此独立，温柔细软带上锋芒。

而塑料男人只会拖垮你，让你伤痕累累。

你一个人也能好好吃饭，好好上班，好好生活，你是找男朋友不是找塑料。

好的爱情让人变美，变有钱，可塑料男朋友只会让你又穷又丑还自卑，他会拖垮你的人生，消除你所有的自信和快乐。

不知道你为何还抱着他苦苦不放手，赶紧放弃这虚假的爱情吧，你可是人见人爱的小仙女呀！

真的别再让塑料男朋友拖垮你的人生了。

男朋友，不如你和前女友一起原地爆炸

/1/

记得有一次，许久未见的雨子哭着给我打电话，说一晚上给男朋友打了20多个电话，后来去他家门口守了好几小时，他男朋友都不管她，说自己在前任家，他的前任更需要他照顾。

我说："真当自己是个皇帝，后宫三千要雨露均沾是吧？！"

雨子叹了口气，说："我真的很爱他，也为他改变了很多。可他却说比起我，他的前任更需要照顾，他说她还是个孩子。所以我有时候会想：独立真的没人疼吗？认真一点就是错的吗？什么时候'自己的事情自己做，不麻烦人'变成了他眼中的'你看起来不需要男朋友'了？"

我说："呸！还前任更需要照顾，前任关他什么事啊？

"而且二十几岁的成年人还说自己是孩子？自己的事情自己做，尽量不给人添麻烦本来就是人际交往的基本准则。

"再说了，都分手了，还什么事缠着你男朋友！更可笑的是，你男朋友理她不理你？

“我看他们啊，一个够骚一个够贱，两人凑一起合适得不得了。你为这种人伤心真是折寿啊！”

雨宝宝被我逗得咯咯笑。

/2/

真的，我平生最恨的就是一个男的有了现任，还跟前任纠缠不清的情况。还美其名曰：分手了，可以做朋友。

做什么朋友啊，而且你那是做朋友吗？前任要你帮忙就屁颠屁颠过去，前任身体不舒服，你嘘寒问暖还送药留宿？前任工作不顺，你又是安慰又是出主意。你女朋友不开心了，说你不要再跟她联系了。你还反过头来，说女朋友不大气，没礼貌，作上天。

你说：“我就照顾照顾她怎么了，她不像你独立啊。我就帮助帮助她怎么了，她还是个孩子啊！”

你女朋友独立、坚强、能干又大方，不需要男朋友。前任只能靠你，既然这样，你怎么不跟前任一起在垃圾桶里爆炸？省得出来祸害人了。

也亏你讲得出，还前任更需要照顾？

不爱就不爱，别再拿这种烂理由折磨你女朋友了。

/3/

以前有读者也跟我说过这样的事。她说和男友在一起，男友总是玩手机，有次她急了，去看他手机，他竟然跟前女友聊得火热。她当时生气了，男朋友说他们是从小一起长大的，父母都认识，分手了还是有很多牵连。还说他就说说话，有什么大不了。

她问我男朋友是不是不爱她。

我说："你男朋友要是爱你，早就不跟前任联系了。当着你的面还跟前任聊天，这不摆明吃着碗里，望着锅里吗？"

一个爱你的男人，早就把乱七八糟的关系撇得干干净净了。

我一个朋友就是这样，有次她玩男朋友手机，前任就打来电话了。她把手机给男友，男友说："你给我干什么，你接啊，你说你是我女朋友，别有事没事打电话了。"

她就笑了，说："行啊你，要我做罪人。"她男朋友就说："这不正好让你显摆显摆正宫娘娘的权力嘛。"

反正两人小打小闹，从此前任连个空子都没得钻。

/4/

所以有句话真的是至理名言：和前任的关系能不能处理好，就看现任男朋友的态度。是大方坦承让你有安全感，还是藏着掩着说你作。谁的格局更大，一看就知道。

我特别喜欢我朋友阿鹿说过的一句话，他说“没有放下前任就开始一段恋情，就是对现任的不负责”。

说“前任更需要照顾”就是在为自己的不负责找托词。拜托了，现在谁是你女朋友？你不照顾女朋友反而顾及前任？

好的前任就该像死了一样，再也不出现在你的世界。

他说：“她真的比你更需要照顾！”你不如说：“那你不如和你的前女友一起原地爆炸？”

那万一他生气了要分手呢？求之不得，分了正好再找个更好的。兴许一觉醒来左边一个彭于晏，右边一个胡歌都对你说“早安，宝贝”。

他只是暧昧成瘾，你却走了心

/1/

阿芳之前找我说自己很苦恼，为了坚固的革命友谊，我听她絮叨起来。

她说自己碰上了件特尴尬的事。那时候，她还在做新媒体工作，工作中，跟作者、编辑接触得最多，这一来二去，就总有作者主动和她搭讪。

本来，合作讲究礼尚往来。我给你平台，增加曝光率，你给我文章，我也吸粉。资源互换，平等交易。

可怪就怪在有个作者还把阿芳给撩上了。上来就发给她自己的电话，附着一套卖萌的表情，说想给她打电话聊聊文章。

阿芳这人心眼好，哪里想到人家有所图，就特别善良地帮助他。听到这里，我急了："阿芳，你真是太容易相信一个人了吧。人家给颗糖，你就巴不得整颗心都掏了。"

阿芳叹了口气说："这还不够呢，往后，他总是主动撩我，说我人好，善良、大方，还说是真心想跟我交个朋友，如果带有目的地接近，就太没意思了。”

我听完，翻了个大白眼。真情总是留不住，偏偏套路得人心。

“他在给你下套呢。”我冷不丁地说。

也难怪。生活如一潭死水，平静得惊不起一点褶子。有个人突然闯入，惊起水花，是最可怕的啊。而且你们有共同话题，处在同一个圈子。

白天呢你们互不搭理，任谁也不知道你们的关系。可背地里，你们不为人知地掏了心窝，每一个夜晚，就像到点驶来的列车，你准时守候在站点，与他一齐上车。默契啊，就这样心照不宣地培养出来。

说起来，还有点不明由来的小暧昧、小心动呢。贫乏又无趣的生活，谁会抗拒这样甜蜜诱人的调料呢？我不会，你不会，大家都不会。

/2/

他说：“阿芳，能跟你说话，都不那么累了。”

他说：“阿芳，你认识×××编辑吗？推给我名片吧。”

他说：“阿芳，来找我吧，我们一起去旅行。”

他们从文章聊到生活，从工作聊到爱好。如果真像他说的那样，阿芳应该动情又享受，怎么也不会惆怅啊。

可有句话叫，人心隔肚皮，世事也难料。

那是几个月后，虽没明说，阿芳还是从朋友圈看出了端倪。

谁叫他们都活在一个圈子，大家都是明眼人，一有风吹草动，敏感到连自己都害怕，不然怎么总能看到别人看不到的东西呢。

这也巧合，那也巧合。可世上哪有那么多的巧合。

纸终究包不住火呀！他还是跟别人在一起了。那天阿芳对我说："他女朋友可火了，是当红写手。我不是要比，可是，我怎么就被无缘无故丢垃圾桶了？"

难过吗？生气吗？可人家又没给你承诺什么，没说喜欢你，没硬拽着你表明要和你在一起。他只是暧昧成瘾，你却走了心。他只是喜欢撩你，又不是喜欢你。

撩一半就走了，怪谁呢？他撩一半撩到了真爱，当然弃你而去啊。

后来阿芳说："那个旅游，真像个笑话，他没跟我去，跟他新女友去了。更可笑的，我看到她在朋友圈晒了个地标，才确信他们在一起了。你知道吗？有人告诉我，原来他还同时撩了好几个。"阿芳下意识地咬了咬嘴唇。

她是那种心里空落落的难过。我很想安慰她，却不知说什么。只怪不是棋逢对手，他太渣，你太真，错把套路当真情。

/3/

想起，我也曾经很喜欢很喜欢一个男生。

那时高中，他留着软软的刘海，笑起来没心没肺，爱踢球，总是拉起裤腿露出好看的小腿。真是撞碎了我的少女心。

我们不同班，每次，我小心翼翼假装经过他身旁，目不斜视，却又恨不得把余光都留给他，心里只是打鼓一样咚咚直响，仿佛下一秒就要撑破心脏。

那时的世界很小，要认识一个人很简单。然后，我们认识了。

他说："喵，我们去吃晚饭吧。""我们去逛书店吧。""我们翘课去打游戏吧。"我从不拒绝。

他说："你今天发夹真好看。""你最近指甲很漂亮。""你傻乎乎的样子，也挺可爱的。""你呆呆的样子，让我忍不住想抱走。"

我们好像情侣又好像不是，朋友问："你俩在一起啦？"我不知道……

直到他有了女朋友。这个娇气的女孩子找到我，把我推到墙角，张口就是："你干什么老缠着别人的男朋友？真讨厌！"

明明是一份真诚的心意，却换来一片恶言相对。

是啊，**他说了那么多，却唯独没说："我喜欢你""我想和你在一起""我想做你男朋友"。**

这样，就代表他不喜欢你呢。

这样，就代表他不在乎你呢。

姑娘啊，你真傻。

他喜欢撩你，并不是喜欢你。

/4/

暧昧，是最伤人的游戏。你以为他只在乎你，只对你嘘寒问暖，只对你关爱有加。一切都是你以为而已。

他啊，只要时不时撩拨你那颗真挚又热忱的心，让你充满期待，小鹿乱撞，就可以让你心甘情愿为他做任何事。

而你呢，还觉得帮了他很开心，还觉得他积极认真，在心里对他好感噌噌上升，预演了千千万万遍你们会把彼此的友情升级，情比金坚。

可是啊，这个世界，什么都是障眼法，你看到的未必真实，真实的你又看不到。

就算看到了也只是冰山一角，他撩你，没理由只撩你；他关心你，没理由只关心你啊。

你说着，“明明是他先撩拨我，到最后舍不得的却是我。”

听起来好像是委屈得无从开口，可是，他没说过一句要和你交往，你却在心里说了千千万万遍“我愿意”。

/5/

要撩的也是你，不撩的也是你。从始至终都是我的一片真心喂了狗。

这世间最可耻也可怜的是那些拎不清的人，明明是带着目的，嘴上却说走走心，谈谈情，一步步地走向你，像蛀虫一样，在你心上狠狠地啃，把你最后的防线撕咬殆尽。

路遥知马力，日久见人心。而最初，谁不是一腔热忱去相信呢？

你难过的，不是他没选择你，不是他撩到一半就跑，是他连承认的勇气都没有。是他费尽心机却装作真诚以待，是他毫发无损到全身而退。

他玩着这些套路，去糟践你的真心。还要在最后对你说："其实我们可以做朋友。"

那一刻，你的心是冰凉的。

/6/

多久以后，才会明白，他喜欢你，一定会告诉你。

他喜欢你，一定围着你，想尽办法吸引你。恨不得时刻关心你，又怎么会对你不管不顾，不理不睬。

说到底，是你太走心。女人，执着又感性，像海鸥捕食一样，一猛子扎下去，全然不顾了生死。

而现在，还能做的是及时止损。阿芳后来说，当她编着他女友的文章，看着他们大秀恩爱的时候，心里已经不那么在乎了。

也好，这至少让她认清了一个渣男的本质。

男人啊，请你们真诚一点，要套路也请一次只套路一个姑娘。

女人啊，长心一点，别在一开始就把他说的全部当了真。

那颗坏掉的牙齿，拔掉就好了。

那份坏掉的感情，不要也罢了。

这个世界，真真假假，假假真真。

我们缝缝补补，我们走走停停。他是真的喜欢撩你，也是真的不喜欢你。

那些过往受过的伤，终会成为养料助你成长

/1/

我收到过一位匿名读者的来信。她说自己和相恋九年的男友分手了。她与男友在大学里相识，他们像所有大学情侣一样享受着自己的青春。毕业后，他们一起去了南方，读者男友的老家在北方，初入社会时，他们就是彼此的依靠，两人都拿着微薄的工资，但却拥有彼此，日子再苦也是幸福的。

苦过三年，他们的生活有所好转。不知道是不是因为人总会变，所以感情也跟着变了。男友和他的初恋女友聊上了，她发现后就跟他吵，男友一气之下说了分手，回了自己的老家。

他们就真的分开了，女生用了近一年的时间才治好情伤，后来和男生成了朋友。过了一段时间，男生似乎对女生有了兴趣，他便回到南方想要和女生复合，女生本不想继续了，可感情的事谁又说得清呢？遇见了就是生命的劫数。

在男生的努力说服下，他们和好了，那年年初，他们也打算买房，

只是这后来的一切和电视剧的剧情一般，先是女方和男方家里凑钱付了10万元的首付。当他们准备结婚时，男友却犹豫万分，找各种借口推托，甚至说家里人一定要他回去。她百思不得其解，这件事情闹了几个月。

之前买房签的她的名字，房子每月按揭他们无力解决，男友竟又以分手相逼，那时的她万念俱灰。谁曾想，男友后来还是走了，临走前还让她还钱，他一一数出这几年的车费、生活开销，房子首付等他出的钱，这些都要女生还给他。

她觉得内心荒凉，真是分手见人品！

后来她才知道，男友找的所有借口都是因为要回老家和初恋女友结婚。她觉得自己完完全全被骗了，不想再相信爱情了。

我不知道她后来过得怎样，有没有妥善处理这件事情，有没有解开自己的心结。

后来我再想起这个女生的经历，内心仍唏嘘不已。九年的时间，一个女人一生能有多少个九年？在最美好的年纪她却碰上这种事情，而她所受的情感伤害却得不到法律的维护。

那些因为遇人不淑所受过的伤，只能自己消化。

可悲，可叹，可惜，可怜。

/2/

年纪越大，我越发相信，遇见一个人是讲机缘、靠运气的。可也是因为遇见了许多人，我才有了分辨“真心”和“假意”的能力。

我身边遇到美好爱情的朋友很多，他们大部分的恋情给人的感觉是安定祥和的。不会像那些酸涩的恋情，终日浸泡苦水。我很少听到他们的抱怨和争吵，只看到他们之间的甜蜜和快乐。那种幸福的感觉是，不说一句话，都能感受到的愉悦。

我认识的很多情侣，男人都是在用尽全力去爱他的女人。

朋友临产的时候，在医院生孩子生了一天一夜，顺产的时候只开了四指，她的丈夫从把她推进病房起就寸步不离，直到听到惊为天人的婴儿啼哭声，他悬了一夜的心才踏实下来。

我问她身子可好，有没有产后抑郁。她说没有，只觉得自己很幸福，认为今生遇见了他是自己修来的福气。

她的丈夫是个不会说浪漫话语的人，每当她买鲜花回家的时候，他总会说她浪费钱，买了无用的东西。可他却会提前订花，在情人节讨她欢心。

她不会做饭，丈夫说：“你不用进厨房，想吃什么我做给你吃。”

她喜欢玩偶，丈夫就把他们的房间装扮得像个小公主的卧室。

他们之间的恋爱小甜事还有很多，他们的感情浸透在生活里的点点滴滴，让我动容。因为他们，我又相信爱情是美好的，相信好的婚姻不会是爱情的坟墓。

/3/

男人爱不爱你，就看他如何对你。他对你越在意、越呵护、越看重，越是处处为你想，越会是无法自拔地深爱你。而一个男人自私，从不顾及你的感受，冷落、伤害你，用言语刺激你，用行动排挤你，他怎么能证明他爱你呢？这样的男人他不爱你，他只是在享受你对他的付出，你对他的爱。他一点儿都不懂得爱情是需要彼此付出的，是你来我往，是相濡以沫，相守相伴。

这时候，**你要做的，是去找一个值得你爱的人爱**。

姑娘，不是所有的付出都有回报，所以不要一猛子扎进去，把自己的心给了一个不值得的人。趁早离开那些不懂爱，不会爱，玩弄爱情的人吧。你一定要遇见值得自己爱的人，才去放手爱啊！

时光总是如流水般匆匆流过，对于女人尤其苛刻，容颜易老，怎可把大好时光花在一段让你千疮百孔、没有未来的爱情里。

我曾写过你的伴侣就是你人生层次的体现，就如张静初所言：你是什么人，就会遇见什么人。

别总叹息自己遇人不淑，很多时候只是身边没有你想要的层次的良人，那么你能做的也只有提升自我。每一段爱情都不一样，但你可以从每一段感情中获得营养，那便是你最大的成长。

正如同所有的成功来之不易，爱情的甜蜜果实也是踩着那些痛苦的经历拾级而上，这样才能将好的爱情收入囊中。我们一遍遍舔舐伤口，又一遍遍勇敢地在这个世界横冲直撞，那些过往受过的伤，都会成为日后珍贵的养料，让你茁壮成长。

这一辈子，找个好人在一起，我希望你能得到幸福。

我真的不想再想你了

/1/

有一段时间，我好多天没吃过肉了，我记得以前没肉吃是因为那时候辞掉工作，公众号又接近一个月接不到广告，没钱吃。那时候，一元钱恨不得掰成两元钱用，能坐一元的公交车，坚决不坐两元的空调车，虽然有时候空调没开，可它还是两元。

那时候吃不到肉是因为在的地方总是没有肉，有也不卫生，老板在那些油腻的桌板上切肉卖给顾客，油腻的男人、黝黑的女人在肉边齐刷刷又无神地望着我。

我总是假装没看见，就走开了。

没有肉的日子，我就会想起以前和他在一起吃肉的日子。我们大多数吃猪肉、牛肉，其实我最喜欢的是鸡肉，要炒着姜片吃，想想那味儿，我就很馋。

他特别喜欢狗，所以从来不吃狗肉，他有时看到菜市场里有人卖狗肉都特别难过，回家就会跟我说：“我今天看到一只狗被杀了，真希望这个世界没有吃狗肉的人。”

那个时候我就会抱抱他。可我也没办法让别人不吃狗肉了。

/2/

跟他分开后很久，我都觉得他还在我身边。

我跟朋友说，我不知道我们之间哪里出了问题，但就是无法再继续在一起了。可我们在很多地方又是合适的，我总是细心地记着他的喜好，我知道他的好多怪癖，我知道他没睡醒的时候会特别迷糊，他刷牙喜欢用抗过敏的牙膏，因为他牙齿不好。他容易拉肚子，所以总是带着胃药，他的这一点跟我的前前男友很像。他喜欢穿黑白的没有其他颜色的衣服，他脸上有太阳晒过的小晒斑，他是单眼皮，有点下垂眼，可是看上去很温和。

大部分的时候他都很难生气，他总是温柔。反而是我，和他在一起就会作，我也不知道我作什么，可女生就是这样，越在乎就越容易作，越没有安全感。他十分钟不回我微信，我就觉得他生气了；他二十分钟不回我，我就觉得他是故意的；他要是一晚上都没回我，我就觉得他一定发生意外了。

直到第二天，我问朋友：“他昨晚都没回我微信，我要不要打个电话？”朋友说：“不要打啊，你为什么要打？”我说：“我憋不住啊，我想找他啊。”朋友说：“那你打吧。”我又说：“算了，我憋着，我要等他找我。”

你看，女生就是这样，她想找你又憋着，装作不在乎，她说服自己不找你，又开始纠结，最后还是会去找你。

这样纠结半小时后，我还是打了他的电话。他还没睡醒，傻乎乎地接了，说：“昨晚不是你要我早点睡吗？我就睡了。”我说：“那你是秒睡啊，晚安都不回我了。早上也不起来，你是猪吗？”

但那个时候我心里可高兴了，他没有生气，没有故意不理我，只是忘了回我，忘了早点起来跟我说“我昨晚睡着啦”。他跟我说了话，我那一天心情就好了很多。

洗澡的时候我也会想他，想我们分开后，他还会不会用那个喜欢的沐浴露。逛超市的时候我也会想他，看到他喜欢吃的水晶葡萄和好多鱼，我就想，他现在还爱我吗。想到每次出门，我说我想吃原味薯片，他会不动声色地去买。

/3/

他知道我不能吃很多辣椒，所以在知道我去了贵州之后一脸惊讶，问我：“那边伙食不合你胃口，你去干什么？”

我没告诉他，我去那边支教了。我没告诉他，我想到山里，到看不到他的地方，好好生活一场。我也没有告诉他，我还是很想他。

他声音很好听，有一股江南糯软的气息。他总是垂着眼睛，薄薄的眼皮，单纯地善良得一眼望到底地看着我。他喜欢小小的女生，可我粗枝大叶。他喜欢软软的妹子，可我有时候真的很尖锐。他喜欢温暖的女孩，但我不够温暖。

可我还是很喜欢他，我为他改掉过很多身上的毛病，比如暴躁、敏感、想太多等。我很喜欢他，很想珍惜他，可后来，我们越来越远，越来越远。

看电视的时候，我就在想，我不能再想他了。

玩手机的时候，我在想，我要忍住不去找他了。

上完课，一个人默默走回寝室的时候，我尽量不让自己想他。

吃饭的时候睡觉的时候，我都不要想他了。

写文章的时候我告诉自己最后一次想他了，我真的不想再想他了。

/4/

和一个人在一起久了，身上就沾染上那个人的习惯。很久以前。我以为我会和他走很远很远；很久以后，才知道，所谓一起走很远的想法其实会瞬间瓦解。

我们都不是对方生命里那个不可或缺的人，我们都很努力地为彼此改变过，可也许月老的红线在我们睡着时，和我们擦肩而过了。

以前我们一起旅游买过一对小乌龟，石头雕刻的，我很喜欢。我们一人一个。后来有一天被我不小心丢掉了。

他在那个时候淡淡地说：“可能我们有缘无分吧。”

那时候我们的手牵在一起，慢慢变得有点凉。

他说：“天黑了，有点冷，回家吧。”

我点了点头。也只能点点头。

因为天真的黑了。

PART 4 有范儿、有追求的你，光芒万丈

也许那个你等的人迟迟未到，但你等他找到你的过程中，做自己的样子真的很美。终有一天你会变得光芒万丈，让他循着光，找到有范儿、有追求的你。

如何才能不去联系一个人

/1/

有一次，结束了一天的工作，我打开电脑，逛豆瓣时看到一个帖子。楼主是个女孩，说喜欢的人超过一星期没联系她，向吧友求助怎样才能忍住在微信上不去找他。

不知怎么的，看到这个帖子的时候心里感到很不好受。

翻着网页上长长的留言，很多陌生又热心的网友给她支着儿：

“让自己忙起来，忙起来就不去想了。”

“我也有个喜欢的人，但不要主动去找，喜欢你的人会来找你。”

“你可以等待，但给自己一个期限。”

“删掉吧，如果他在乎你就不会这样。”

……

我看到一些比较心酸的评论，有人说：不要留下和他说话的对话框，那是你卑微的祈求。不要给他点赞，不要看他朋友圈。

有人建议：修改微信备注，改成“我的朋友”这样毫无沟通欲望的奇怪文字。

有还有人说：别再折磨自己了，你为他这样他看不到，他不是不找你，只是在别人那里他比你更卑微。

你爱他，他爱她。

/2/

我在朋友圈里看过一段问答——你曾因为喜欢一个人，卑微到什么程度？

“从不主动交流的我，每天都找他聊天。

每说一句话，都要斟酌半天。

每敲的一段字，看上好几遍。

他喜欢短发女生，我剪掉了及腰的长发。

后来发现，其实是他喜欢的那个女生刚好短发。

无论他做过什么让我生气了的事，最后都是我道歉。

我用尽一切对他好，他却对别人好。

他为了逗其他女生笑，说我胖、我丑。

我还要跟着笑，不敢跟他生气。

他寂寞、难过、伤心来找我我却怎么也不会拒绝……”

那些话一句句扎到心里，原来无论我们怎么坚强，怎么让生活忙碌，那些最真实、最动心的感情，还是会像潮水般涌上心头，只是那么一瞬间，所有的坚强都没有重量。

想起曾经朋友在我面前痛哭流泪，她的眼睛红肿，声音倔强，她拼命让自己不去喜欢那个不在乎不喜欢她的人。但她也不想分手，哭着挽留，也没有用。

我看着她又哭又不让自己哭的样子，只能心疼。

当你心里有个人的时候，会变得特别脆弱。你难过时，希望他安慰你；你失落时，希望他来找你；你不开心时，希望他能逗你开心。

可他不会，因为你不是他在乎、他想取悦的人。

读者跟我分享过一个故事，她说心里有个喜欢的人很久了，对方对她说不上喜欢也说不上不喜欢。大概想聊就聊，不聊了也从不主动找话。

我说："那就是不喜欢吧，至少不够喜欢。"

她说她懂，一个微信上都不愿意为你花时间的人，他心里能有多在乎你呢？也许你只是他寂寞时候的调味料。

我说："道理你都懂，都知道。可你就是做不到，做不到不去想他，不愿就这样放下。因为你知道，只要你真的放下了，你们就没有任何联系了，真的就没有一点可能了。"

她被我说到语塞。

/3/

很久以前我总以为，有些人，有些事会在记忆里盘桓很久。直到时间真的过了，日子回不去了，我才发觉，原来所谓的情深义重，痛彻心扉，不过尔尔。

我们曾经拼命想记住，想拥抱，想爱的那个人，不想失去，不想放弃，不愿放开手的那个人，只是一种在那个时候强烈的、内心喷薄而出的渴望。

那些越是得不到越不甘心放手的执念，削弱了喜欢。

如何忍住不跟喜欢的人说话?

其实没有忍不住，你只是喜欢总会去找。

就像《洛丽塔》里说的：人有三样东西无法隐瞒：咳嗽、穷困和爱，你越想隐瞒就越欲盖弥彰。

唯一的办法，是对自己狠下心。让自己不再那么看重，那么喜欢他了。

你挣扎、痛苦，心里眷恋他，也得不到回应。你都懂的，他不够喜欢你，那些答案早就走到了你心里。

别给自己后路，不要再去期待了。也不是遇见了这个人，今生今世都不会遇见别人了。

不联系，慢慢放下，这些感情就淡了。

别再和喜欢的人聊微信了，他不喜欢你，你们聊多少天、做多少事都没用。

其实，真正在乎你的人，又怎么只会在微信里找找你，电话和你说说话呢？

他会穿越这个世间汹涌的人群，一一走过他们，怀着满腔的热忱，带着沉甸甸的爱，走向你，抓紧你。

下一次别再那么一发不可收拾地爱上一个不在乎你的人了。一定要是你非常喜欢，并且非常喜欢你的人，才值得你去为爱付出。

放下那个不喜欢你的人吧，其实不跟一个人联系很容易，不见，不想。

把一切交给时间，没有希望，不再考虑。回到原点，没有人能影响到你的情绪。

把那个人戒掉吧！

梦想这种东西，是不是总是拿来碎的

/1/

我总会想去追求一些真相。

不管是只言片语，还是内心动荡，表面平静。窗外淅淅沥沥下着雨，我坐在窗边，开着风扇，写下这些话。也不知道从什么时候开始，我安静得像一株植物，我可以一言不发地走在人群里，却不能停止思考，停下手中的笔。

我慢慢地变得很平静，不怎么说话，可眼睛一直在看，仔细地看，脑子一样在想，深刻地想。

总会记得2014年圣诞节，我在漫天大雪里走过北京后海的巷子，有浅唱低吟的民谣酒吧，有低调谦逊的摇滚乐手。是不是每一个在小酒馆唱着民谣还没出头的人，心里都有梦想：如果哪一天出名了呢。要是哪一天他们走进了大众视野，就算成功了吧？

梦想这个词总是和一些悲苦放在一起，才更显它的沉重。

2014年的时候，我在广州看过街头拉琴的老人，他白发苍苍，眼神里有爱慕、有温柔。他拉着《卡农》，在喧嚣的街头，哪怕再行色匆匆的路人都忍不住去张望，太动情。

就像老夏和脆鹅的故事，看到脆鹅在老夏弥留之际说会好好照顾自己、眼泪唰地流出时，发现他们流露出的都是平淡生活里的温情。

有时候生活就是如此，也许只是拥有了一点点的颜色，就变得盎然。

/2/

旅行的那几个月，我一直没好好梳理，直到岁月将要沉淀，才有了些许感悟。

因为一直订的民宿，遇见了很多房东，其中有一个给我印象最深。我没见过她，却可以想象到她是一个什么样的人。

她把房子改造成极简的北欧风，相当成熟精致。她去过很多地方，背包去过印度、缅甸、泰国旅行，又在英国待了半年。我不知道她做什么工作，但这些我能够从她的客厅的烟酒、香薰、蜡烛里看到。

她一定有很多故事，又或者把所有故事藏起来，让自己变成一个没有故事的人。

我会想象她一个人抽着薄荷烟在夜色里，沉吟往日旧梦。她或许爱过很多人，很多人也爱她，但她或许在等一个能够订终身的人。她或许只是想抽一支烟，但她已足够撩人，足够妩媚。

那时候，我的心里有的是羡慕，她可能拥有一份自由、拥有无限可能的工作，精通着数个国家语言，深入体会过他们的风土人情，把自己的老房子改造成民宿，接待每一个陌生的旅客。这样的事情，我也想拥有。

/3/

那天看了情悦姐写过的一篇文章，写的是爱旅行和不旅行的女孩有什么差别。爱旅行的女孩，尤其是独自旅行的，能看到更多的风景。她们所到之处皆有感受，所遇之人，皆会拥有一段不可多得的缘分。所做之事，也必会成为一段美好而有意义的回忆。

以后你还可以想，曾经有过那么一段时光，过上那么一段日子，见过那些再也不会有的风景是件多好的事。

生命因为见多识广而渐渐有了底色和层次。

很长一段时间，我独自旅行，我攒够了钱就出发，我拼命工作，除了工作我还写公号文章，在旅途中的巴士上写，在路边写，在飞机快要起飞前写。

我以为只是我自己这样，直到跟同是写作的朋友聊起，才发现他们同样如此，为了旅行提前写好文章，火车上码字是他们的家常便饭，永远寻找着有WiFi的地方，不管发生什么事，都会把写文章放在第一位。

大家心里都有梦想啊！

大家都在除了工作和生活之外的领域不断地折腾，逼着自己做了很多事。

他们不断逼着自己，真的就这么逼成了习惯。

/4/

和偏偏聊天的时候，她说我自律，可我每天都要“丧一丧”，动不动就失去了能量。所以当她说我自律的时候，我真是感动到哭泣。

她说我不管怎样，不管在旅行还是之前的工作状态，都认真写字，从未放弃。

我想了想，可能不知道从什么时候开始，我没办法割舍掉写作这东西了吧。

它不再是一个遥不可及的梦想，它变成了我生活的一部分，也是我努力奋斗的事业。

有那么一句话，梦想梦着梦着，就照进了现实。

写作大概就是我沮丧时看到的光，感到最温暖的存在了。因为我终于把从小以来想做的事变成了生活的一部分。

/5/

其实我同样迷茫，和很多二十来岁的人一样的迷茫。

其实我同样不知所措，不知道现在的选择对以后人生有什么影响。

其实我同样还在为自己想要的生活努力，我也一样，没有活得那么美好。

是啊！没有活得那么美好。

并不是所有有梦想的人都能实现自己的梦想，也并不是实现后，就真的变成了自己想要的样子。

长大后，就发现生活不过是打开一扇又一扇的门，走完一条又一条的路，走完一条路就留下一个标记，走不通了就打开另一扇门，换一条路，似乎永远没有尽头。

有些梦想也注定不会实现。可我们从不后悔那些曾经为它倾注全部心力的岁月。

那样的青春和年华一生只有一次，那样的时光和景色足够一生珍藏，永不后悔！

人就是这样的，再辛苦、再难挨，也会奋力撑下去。

说活不下去的人，不会真的去死，因为我们都太贪恋这一生了。

冯唐说，这世上有四件可遇不可求的事：

夏代有工的玉，

后海有树的院子，

此时此刻的云，

二十来岁的你。

还有什么比珍惜现在更好的时光更重要的事呢？

总会有一个人爱你胜过生命，但不是他

/1/

刷微博的时候，看到一个话题：男生做出什么表现说明他不爱你？话题的评论很火，好几条都直戳心脏：

“如果你不确定他喜不喜欢你，那他就是不喜欢你。”

“你不找他，他就不会找你。”

“聊天永远都是你主动开头，最后你结尾。”

妈呀，看完简直被暴击一万次。可你委屈得不得了：我真的好喜欢他，喜欢到无法自拔，他就不能喜欢我一点点吗？不能，又不是菜市场买菜，可以讨价还价。

爱情从来不是乞讨与施舍，不是种花得花，不是付出了时间精力，就能换来那个人的全部注意和爱。

很多时候，在爱情里，那个先爱上对方的人，一定承受更多。

因为啊，喜欢一个人就赋予了他伤害你的权力。

/2/

想起我一个朋友蒋蒋。她是我大学同学蚊子的女朋友。说是女朋友但又有点儿奇怪。蚊子总是对她爱理不理的。不回她信息，不接她电话是常事了。即使是蚊子和我们出去吃饭、喝酒，也不会叫上她。

有时他们半个月都见不到几次。蚊子又总是玩失踪。

那会儿，当蒋蒋跟个门神似的杵在教室门口，我们所有小伙伴都惊呆了。一见到蚊子，她便不管不顾地冲进教室，老师都被她弄得一愣一愣的。

这件事一发生，大家都知道蚊子有个黏人的女朋友了。

后来蚊子说，那天中午他什么也没吃，蒋蒋哭得撕心裂肺的。蚊子那么对她，她难受啊！换作是我，和男朋友处成这样，我也会天天梨花带雨，眼睛里满是湿润的亚热带雨林气候。

所以我问蚊子："你干什么不喜欢人家还霸占着一好姑娘，这不占着茅坑不拉屎吗？！"

想不到蚊子有气无力地回答："我也不想啊，她都缠着我四五年了。无论我做什么，她都要跟我在一起。我不理她，她夺命call我。我不找她，她钻墙地找我。"

这下轮到我蒙了。

蚊子说，他们是青梅竹马，小时候两家人指过娃娃亲，可他一直把蒋蒋当妹妹看。

其实他曾经很努力地想要接受她。因为蒋蒋对他真的太好了，好到失去自我。

她会送他自己亲手做的围巾手套；抄自己的学习笔记到半夜然后送给他；每天和他道早安晚安；在他失落时，不断安慰他，给他打气；记录下他说过的每一句特别的话……

他感动，也曾想要接受她的爱，可是不行啊！

蚊子问我：“你和真心没感觉的人在一起，会不会心累啊？”

“废话啊，当然累！”

/3/

那天，蒋蒋又找不到蚊子了，一个电话打到我这里：“喵，你知道蚊子在哪里吗？”

“啊，不知道。”我打哈哈，然后她就在电话里小声哭了出来。

其实我很理解蒋蒋：爱一个人无法克制，可爱上一个不爱自己的人就只能是个悲剧，就如同在机场等不到你要坐的那艘船，在那个站点也等不到那趟载你的车。

他不爱你，即使你妆容美好，温柔体贴，款款动人……他就是看不到。你送他的糖是不甜的，你给他的牛奶也不会香醇。你隔三岔五问他“在干什么”“在哪里”，这些消息在他看来，和售楼短信、淘宝群发的短信性质一样。你在朋友圈为他花的那么多小心思，他不感冒，更不会做出任何回应。好像你花光了所有力气，都触不到他一个心动的眼神。

如果说暗恋是一个人的兵荒马乱，那么单恋就是两个人的无声片场。

可是，你那么爱他，然后呢？

/4/

我安慰蒋蒋："你是个好姑娘，我也知道你喜欢蚊子，可你也应当想想蚊子为什么会对你避之不及。不怕你嫌我说话直接，你觉得你们真的合适吗？这就是你想要的爱情吗？彼此折磨，彼此牵绊，明知道蚊子没那么喜欢你，又为何拼了命的作践自己？"

蒋蒋突然就止住了哭声，静默了。听筒里那么几十秒的间隔，却比一个世纪还漫长。

过了一会儿，蒋蒋说道："亲爱的，我知道你把我当朋友。你说的，我也懂，我就是很喜欢他，不能没有他……"

"蒋蒋，你听我一句，找一个真正懂你的人去爱吧。你很好，错的不是你。别等他了，他爱你，一定会来找你。"

爱就在一起，不爱就放过自己。

挂了蒋蒋的电话，室友的手机里传来莫文蔚的歌：

他不爱你，
说话的时候不认真，
沉默的时候又太用心。

/5/

姑娘，真的别等了，爱你的人一定会来找你。哪怕翻山越岭，漂洋过海，打摩的，打飞的，天上落刀子都义无反顾，只要他想跟你在一起。

他会买18个小时硬座的火车票，只为跟你解释那些误会；他会记得你们在一起所有有意义的日子，只为告诉你，他很在乎你；他会把你安排在他的未来里，因为他想要他的未来里有他爱的你。

信有一首歌叫《死了都要爱》，这首歌也说明：对于两个相爱的人来说，时间、距离都不是问题，问题只有你们够不够爱。

我始终相信，爱你的人，一定会继续爱你。不管他爱过多少人，他爱你，是他心里怎么抗拒也回绝不了的事情。但如果他不爱你，你感动天，感动地，大哭、自残，天天给他洗衣做饭，日日早安、夜夜晚安……他知道你好，可是，对不起，他就是不爱你。不爱你，就会对你做的一切都熟视无睹；不爱你，就不会考虑你的任何感受；不爱你，即使你要走了，他也绝不会说出半句挽留你的话。

你痛哭流涕："我对他这么好，他怎么一点都不领情，这么狠心啊？！”因为他对你没感觉啊！你对他发信号，他就是不跟你在一个频道，就是收不到。你作天、作地、作死自己，他还是不喜欢你。你伤心欲绝，他也不会慈悲安慰。一个萝卜一个坑，他不好你这口儿，有什么办法？

感动不是爱，领情不是爱，可怜你更不是爱。他看不见你所有的爱，在你眼前，他只是个睁眼的瞎子。因为爱你不需要理由，不爱你更没有任何理由。

/6/

其实他不爱你，又有什么关系。命里有时当珍惜，命里无时莫强求。他不爱你，你还有明媚的自己。每一个女孩都是独一无二的，每一个姑娘都美得无可替代。

没有必要为不爱你的他变得黯淡和苍凉。失恋不可怕，分手就放下。生活还是自己的，未来还在手里闪闪发光。好好地去爱自己，那么一定会有一个人穿过暴风骤雨，去拥抱你，去点亮你内心最炙热的情，去珍惜你今生前所未有的好。他会爱你，胜过生命。

那个人，一定会出现的。你要相信爱，相信自己有人爱。

虽然有时候，等待的时间有点长，也许他恰好堵车，迟到了那么一小会儿，但他一定会来的。

他爱你，就一定会来找你。

一个人活着的意义

我常常想，天上一颗一颗的星星，就是地上一个一个的人。它们或明或暗，或远或近，或大或小，高高悬挂在天幕，构成了我们这个时代的星空，而有一颗星星也照耀着我灰暗平凡的人生——申赋渔。

/1/

时隔三年，在那个午后，我没来由地想起一袭素衫、高高鼻梁上架着眼镜的老陆，那副银边眼镜背后犀利深邃的大眼睛也在我的脑海里变得愈加深刻。

那会儿，我从人群中一眼就认出他，带着一种难以言说的镇静。

八月，我背起行囊，独自北上，游走江城，数日后，又只身前往南京。那年的南京，在记忆中充满无尽的活力，绿树参天，时值青奥，所到之处，满眼金发褐瞳的奥运健儿。

人群中，我随着老陆的脚步起起伏伏，他瘦，手指关节突兀、有力，行走的时候，一前一后带着沉甸甸的重量。

人潮里，他回头看我，问：“吃什么？”

我转了转眼珠，说道：“要不粤菜吧？”

他一脸疑惑，但随即又笑了。

于是我在南京的第一餐吃了一笼虾饺，一碟南瓜炖百合，一盆白灼菜心，烧鹅半只，没酒。

我后来才知道，老陆请我吃饭钱都是自己挣的。他周末给学生补习英语，一次两小时。

/2/

吃过饭，我们俩上地铁，有一搭没一搭地乱聊。说到未来计划，他眨眨眼，问我想不想去他学校。

我说好，名校我当然要去感受。于是我们就去了南京大学。

南大学术氛围极其浓烈，坐在草坪上我问他毕业后的打算。他望着远方，像是喃喃自语：“留在学校，先考研，再考博，理想是当上大学教授。”

我问：“为什么？”他边摇头边说道：“外面太险恶，还是学校最安全。”

他问我想做什么，我说：“考公务员啊！”他眼珠子都快瞪出来了，那意思就是：你这小丫头考公务员，闹着玩儿吧？

我不服气地说：“我差点就考上了，要是不出意外，这会儿估计都到山城里了，哪还坐这儿跟你唠嗑？”他又笑，那一年的我白胖白胖，执拗得像长在墙角倔强的草。

坐了一会儿，他看表，起身，逆着光，说：“该给学生上课了，一起去吧。”

我点点头，说：“老师，你给我也补补，我这英语烂成渣。”

/3/

作为一个学渣，我从小就向往各种学霸。

所以当老陆给一个顽皮男孩补习的时候，我觉得他超帅，果然男人认真的模样，都帅得突破天际。

小孩狐疑地看着我，眼睛抖机灵地转。老陆一秒之内便反应过来，搭着他的肩，说：“哥们儿，你想歪了，这你陆老师朋友。”

小孩就阴阳怪气地“哦”了声，故作明白。

那会儿我在一旁的会议室里看书，隔着玻璃板听到老陆非常细致地解答小孩的题目，结束的时候，我看老陆收拾书包，神态疲惫。

我问：“陆老师，你累不？”

他就坐下来，特别正经地告诉我：“有些孩子天性顽劣，但你要想啊，这学校老师谆谆教导他不听，你要跟他称兄道弟，他才觉得你亲切。这孩子其实聪明，就是玩心大，开始老费劲了，我教他什么都不听，拿着父母的钱可劲儿花，你别看他现在这样，进步算大的了。”

我听得头头是道，连声称赞：“你真适合当老师，我都被你绕进去了。”

他就笑着说：“走吧，吃晚饭去。”

在路边他接了个电话，挂了电话问我：“一起喝酒撸串去？”

“那捎上呗！”

于是我跟着他走街串巷，来到烧烤一条街，热辣的夏天，昏黄灯光里油头红面的师傅撸着串，好一派人间烟火。

进了门，对桌两壮实男人，老陆给我介绍，说这是他政治老师，旁边坐着的是科技馆的一个朋友。

“哟，小姑娘打哪来？”男人抽着烟，眯着眼轻柔地问。

“湖南。”

“好地方啊，老陆朋友？”

“对的，旅游来转转。”

“南京好玩吗，去了哪？”

“南京大学，明儿去爬中山陵，逛总统府。”

“计划不错，想吃啥？嘿，老板，再来五串鸡腿，十串腰子。”那男人对外边师傅吆喝一声。

老陆特别疲惫，说他睡会儿，就躺在烧烤店的板凳上睡了。闭眼之前，对我说：“别被忽悠了。”我心领神会，哪能那么容易呵？

男人就优哉着说，昨晚上肯定喝多了，身体吃不消。转头问我喝酒不。

我爽快应着："喝呗。"

/4/

于是，那接下来几小时，我就对坐着先前还浑然陌生的两中年男人，当这个男人抽着手里的南京，一嘴奶油味地对我说："姑娘，你这年纪刚刚好，青春最美的时候。"又话锋一转，说到自个班上有个黑龙江女孩跟自己关系特好，至于哪种好，我只看见他脸上不经意的一抹微笑。

那天谈了什么后来一点不记得，我只知道老陆一躺下就跟断了气似的一动不动，我喝了瓶酒，吃了几根串，差点被他们两人侃晕。临走时，我拉起老陆说："送我呗。"

他才恍惚着抬起头，坐起来，让等他一会儿。后来，我们走在夜色里，我问："你昨晚到底喝了多少，几点睡的？"他就朝我比画，我又问："你平常都这样吗？"他说："有时候，想事情。"

"想啥呢？"

"人生和哲学问题。"

"得了，我一理科生真的要被你的政治老师搞晕了，跟我聊了一晚上哲学和人类发展，我现在头特大。"

他就笑着说："我本来就研究心理学的呀？你又不是不知道。"

"那你怎么跟你政治老师喝上了？"

“也不算熟，那时候读书，有时候跟他探讨问题，一来二去变成了酒友，时不时撸个串。”

“陆老师，跟你做朋友好难啊。我年纪小，少不更事。”

“那不最好？哪像我跟个老油条似的，交的朋友都比自个大。”

/5/

老陆比我大三岁，那晚分别过后，第二天他身体不适，犯困，我就自己游了南京，去先锋书店买了本叶兆言的《旧影秦淮》，在那儿寄了张明信片。又去了玄武湖看铁人三项，玄武湖垂柳岸边飘飘，我的心很平静。

坐了会儿，起身，去秦淮河。

拍照的时候，一个陌生女人闯进我的世界，她说：“姑娘帮我照个相吧。”于是我对着阳光朝她笑，说：“1，2，3。”拍了照片。

那天人特多，阳光热辣，我在街口买了根南京老冰棍，这冰棍湖南也有，叫长沙老冰棍。开始我以为味道不一样，结果都糖水味，好在冰凉解渴。

后来逛到桥头，果然是江南水乡，楼台水榭，红绸罗帐，仿若一名温婉女子诉说着往日无尽的情怀。那时的我望着这一楼一景，一树一河，内心澄静。

一个人旅行，看得到的是风景。人一多，同样的景色就被欢歌笑语取代，若是说想要寻找内心，看透风景，还是一个人好，眼中的风景不被打扰，只有你如此沉浸。

而后几日，老陆没空，我也没了心思逛，就去了上海。临走时，他说：“招待不周，欢迎下次再来。”

我笑着说好。

心里揣测下次，不知下次是何时了。

/6/

南京到上海挺近，坐动车两小时就到了。

我去上海住在浩明哥家，他来上海四五年了，是我妈高中好哥们儿的儿子。和我一个专业，学的计算机。浩明哥问我：“毕业打算做什么，我说反正不是做和计算机有关的工作。”他就眉头皱得老高，一副搞不懂你们小女孩的模样。

那天他来接我，穿着一件白色棉布T恤，黑色裤子，背个小肩包，比我还白胖。

然后我就跟着他换了三四趟地铁到家了，我说：“上海真大啊！”

“那可不，大上海啊。”

“你平时几点上班？”

“六点多出门吧。”

“那么早！”我惊得睁大双眼。

“是啦，六点地铁人就扎堆了，得排队，再晚点就迟到了。上海节奏很快，你看这大街上，哪有像我俩这样信步游的。”

我瞟了一眼，不置可否。

晚上，我给初恋打电话，那时他也在上海，我突然很想见他。结果那家伙说不见，于是我就特没出息地蹲在楼梯间哭了。这一哭，把浩明哥吓得一愣一愣。

他推开门，问我：“姑娘，你咋哭了？不是，你哭了咋还跟你妈哭啊，你妈又来问我爸，我爸不分青红皂白就骂我，干啥呢？他以为我欺负你，我跳进黄河都洗不清了。姐，求你别哭了，行不，你为什么哭啊？”

我就被他弄得哭笑不得，笑得肚子疼。

他说：“你还笑啊，我才要哭。天地良心，我可没欺负你。”

我后来还是没告诉他，我要说我初恋不见我，急哭了，他铁定笑死我。

那几天，浩明哥说想家了，工作差不多也辞了，就房东找不到人，怕他不肯退押金。我说要不找警察。

于是我俩出门找最近的派出所，摩的师傅招呼我们：“上哪去啊，顺路呗？”

那时候我穿着长筒裙，只能侧坐，两腿撇不成八字。我就特别不稳当地坐在中间，一路很颠簸，我看着后视镜里浩明哥的头发被吹成20世纪80年代的中分，司机露着两颗白牙笑着，真是一路火花带闪电啊，特别想笑。要是再穿一次隧道，就成了电影里经常出现的场景了。

然后我们兴致勃勃地来，吃了闭门羹，警察根本不管这事，于是两人又灰头土脸赶回去，找楼下门卫，问房东，说电话打不通。

门卫说到时候联系到了会告诉我们。

后来索性不找了，我们吃饭去了。

/7/

他带我去吃湖南菜，我点了剁椒鱼头和白斩鸡，他对我的举动总是一愣一愣。

他说来这边几年，这附近就这家湖南菜馆味道最正，在外面啊，特别想念家乡的口味。

吃完饭，我们路过烧烤摊，说买个炒饭。我问："哥，你还吃得下啊？"

"一会儿打游戏，饿着呢。"

白天，早上我去厨房做早餐，我说："浩明哥，你要不要吃点？"他就抽烟，噼噼啪啪打游戏。然后我端着饭坐到他旁边吃，他就笑着说："挺香的哦！"

于是我就屁颠屁颠去厨房端饭去了。

"小姑娘做得挺好吃啊。"

“那必须的啊。我就这一特长了。”后来吧，我特别好奇浩明哥的女朋友，就问他：“你女朋友呢？”

“走了。”

过了会儿，他问我，“你男朋友呢？”

“分了。”

“那就不是了。”

“为啥走了啊？”我问。

“跟别人走了，可能，嫌弃我。”

“那你为啥分啊？”他问。

“我想了想，可能我嫌弃他吧。”

“你够了哦。”

“够了。”

“你是不是看我现在这样子特颓废？”

我在阳台踱步，什么也没说。后来他不打了，躺床上，说：“其实我这人没读什么书，倒是经历了好多事，想起自己年轻时就一腔孤勇地往外面跑，天不怕地不怕的。现在啊，就觉得遇见的人多了，做过的事多了，突然没那种勇气了。也不知道这是不是一种衰老。”

不知怎么的，我想到了王小波的一句话：

那一天我二十一岁，在我一生的黄金时代。我有好多奢望。我想爱，想吃，还想在一瞬间变成天上半明半暗的云。后来我才知道，生活就是个缓慢受锤的过程，人一天天老下去，奢望也一天天消失，最后变得像挨了锤的牛一样。

我也曾以为自己会一直生猛下去，后来才发现生命是个缓缓老去的过程，一年又一年，有时候回头想想时间真可怕，走过了，又留给我们什么。

/8/

房东的电话还是来了，那是在我离开的几日后。

最后几天，也不知怎么的，我对浩明哥发了火，我们两人吃个烤鱼吃得火气朝天。结果，我不好意思，留了字条，说抱歉，翌日就走了。

后来浩明哥跟我妈说，他可能语气不好，我妈说是我不懂事让他见谅，还说麻烦了照顾这么久。很久以后，我才知道，他爹又跟我妈说，那孩子没照顾好，你看我把你当兄妹，我家儿子也是把你当妹妹，怪那小子。

因为我的执拗、涉世未深，莽撞、不成熟，让两家人来收拾残局，时至今日，我才知道自己做得有多糟糕。

年轻时的我们心比天高，骄傲地看轻所有的一切，直到时光老去，岁月打磨，那颗心丰盈了，渐渐地什么都明白了。明事理，大概就是这样的过程。

后来，我跟浩明哥很少联系了。听说他回去后又去了惠州，跟着他叔转行做医药工作，那时的我跑到了杭州。

一年后，我去上海见阿欢，我发小，她研究生毕业在上海实习。那天我发了个朋友圈。

浩明哥问："你在上海？"

我说："没，现在回杭州了，马上要去广州。"

他说："我在上海。"

我吓了一跳。后来我回家，我妈告诉我，他又回去了，又做老本行了。结果工资掉了一半，不过入了股，应该后面会好起来。

想不通，不过也想得通。人啊，总是这样兜兜转转。我就感慨，我说这一年我在广州，他在上海了，那一年我在杭州，他在惠州。

怎么总有种翻山越岭，千山万水的感觉。才发觉，这一别，很多人都很久没见了。

那一年快到了头，我又辞职了，依然留在广州，我不知道老陆考没考上博，记得有一次他打电话给我，突然紧张得说不出话。那一年冬天，我给他寄了腊肉和猪血丸子，手写了一份菜谱，差点捎罐剁辣椒。

这一想来，时光匆匆，他说我现在已经能上手写文章了，他当时还觉得我是个小姑娘，现在就独当一面了。

我又问："对象呢，老陆？他说朋友老给介绍，有时碍着情面去见了，没什么特别的感觉。"

我就笑，也不知道后来怎样了，我们很久没说话了。

/9/

有一年，贾樟柯导演来长沙的时候，我去看了点映，贾导带着主角来了现场，我当时录了一段他说的话。他说，拍山河故人是想拍时间，时间对一个人，对一群人产生潜移默化的变化。

时代，山河，故人重逢，物是人非的悲怆。人类抵不过时间。

后来我把涛叫出来，我说："涛，很久以后我可能也不在你身边了。"涛是我那时的同事，苏州人。

那天我请了个假去楼下万达看电影。我不知道后来涛有没有看那部电影，因为电影里女主也叫涛。

涛说："每个人都只能陪你走一段，迟早是要分开的。"

我突然觉得时光很残忍，在我渐渐明白的时候，才知道，世界很庞大，可也很孤独。所有的人，到了最后都可能会离去。

那天的我一个人坐在客厅把《后会无期》又看了一遍，我爸在看书，猫咪窝在他身边蜷缩。我仔仔细细地看了一遍，一点没快进，我想到那一年夏天，坐在电影院直到它散场直到打出黑幕，直到朴树开始唱《平凡之路》。

直到影院的灯光亮起。

直到我从幻想的世界回到现实。

直到我开始相信，我也会成为天上的一颗星。

直到我多年以后流浪，走南闯北，心渐渐清醒，明白了，一个人活着的意义。

那就是，抵抗岁月的孤独。人这一辈子欢笑、痛苦、执着、喜悦、伤害，原谅所有的一切都会被时间抚平。唯有去接受，去不辜负。

去见你想见的人，趁活着。

去做你想做的事，趁还年轻。

那么就任性一次吧。

找个能和你一起吃饭的人到底有多重要

/1/

“气死我了！”一天中午，颜颜一电话打过来就在宣泄她的愤怒，我那时睡得迷迷糊糊，听到她的声音瞬间就清醒了。

“你说说，我图啥呢？大热天的，我像个跳进开水里的饺子似的，出门相亲，容易吗？”

“太不容易了。”我看了一眼窗外的烈日，打了个哈欠。

“是啊。大龄怎么了？就得跳过谈恋爱，直接结婚、生娃了吗？”

“谁说的谈恋爱是小姑娘的事啊？”这话我可不爱听，我突然间有了兴致，忙问，“姑奶奶，说吧，什么事这么激动？”

“还不是约了一星期都没档期，这周才约到的相亲对象。哎哟，一个大男人真的是让我不知道该说什么！他嫌弃路边小店脏乱差，我带他去意大利餐馆，他拿着菜单，左翻右看，服务员都不耐烦了，把我们晾一边，最后他说：‘没啥好吃的，来壶花茶吧，再加一小碟木耳。’

“你是没见到服务员那种想拿把菜刀，砍了我俩的表情，把我盯得后背直发凉……最重要的是，点木耳就算了，还一个劲地说没有自家做得好。”

那时候，我眼前仿佛出现了一个不断翻白眼的颜颜。

“那人刚开始聊天就问我，做什么工作？有没有本地户口？接不接受以后和公公婆婆一起住？

“你知道我笑容可掬，忍了他多久吗？第一次见面，不仅不能好好吃饭，还查户口一样不断地问各种问题，是见面就结婚了吗？我什么时候答应要嫁给他了啊？这奇葩，真是要把我气死了！”

“恭喜你，在相亲路上越挫越勇，打开了新世界的大门。”我一时没忍住，笑出了声。

天下之大无奇不有，有些人，有些事，没有你见不到的，只有你想不到的。

不过颜颜的这次相亲经历，倒给我提了个醒，那就是，两个人在谈恋爱之前啊，一定得吃吃饭，聊聊天。

不然饭都吃不到一起，聊什么天，谈什么爱啊！

/2/

想起以前读书的时候，原本不熟悉的两个人，就是靠吃饭来增进感情的。

吃饭时，人的状态最放松，也最容易敞开心扉。

饭堂里，锅碗瓢盆齐声协奏，谈笑不绝于耳，就着那人间烟火，不消四五十分钟，双方也基本能确定彼此的性格是否合拍，有没有进一步发展的可能。

一顿饭，表面上看来是满足自己的胃。实则是用这段时间去了解对方更多。

如果菜没上齐，两人各自低头摆弄手机，又或者两人聊天，却有一搭没一搭，你问我答，你不问我也不回了。

这样的吃饭方式，于闹市中，自然感到浑身不自在。

旁人把酒言欢，而你面对的，却是并无太多兴趣与你交流的陌生人，大概嚼着再合胃口的菜，心情都会郁郁寡欢吧？

你尽量保持从容，吃完那顿饭，临走前，礼貌性地和对方微笑着说："那就这样啦，下次见。"

转身，旋即掏出手机，删掉了对方所有的联系方式，抿嘴一笑，感慨道："原来，饭不投机，也会半句多。"

/3/

几年前，我交往过的一个男友。

他啊，小时候把父母给的早饭钱都省下来买玩具，经常饥一顿饱一顿，结果时间一长，把自己的胃给弄坏了。他的肠胃变得很脆弱，不小心就会闹肚子。

对于醋这类酸性调味品光是闻着他的胃就泛酸，唯恐避之不及。

可我肠胃好啊，我喜欢醋淡淡的酸味，既能促进消化，又能把菜的鲜味提得恰到好处。

“酸甜苦辣咸”，“酸”在首，我认为味觉冲击最大。

有时候我甚至会觉得，人生也如同这五味一样，缺一不可。

那时候，我和他一起吃饭，我想吃醋溜土豆丝，非常普通的小菜，他说那点呗。

我问：“你能吃吗？”

他摇摇头，说：“你喜欢，你吃就好，我可以吃别的。”

那一刻，我的心里怎么也不是滋味。虽然知道他肠胃不适，不能碰过酸的食物，可那种一起吃饭却变成一个人吃独食的心情，就好像你身边有个亲爱的人，却不能同你分享一道美味。竟有些莫名地失落。

我不是不爱他啊，他也不是不爱我。只是，我不能和他幸福地咽下那些同样的饭菜，最后圆满消化，打着饱嗝，心满意足地说“今天的菜真好吃啊”。

情侣间不就讲究同步吗？可他感受不到我那种吃到喜欢的食物获得的简单的快乐。

这些生活里的小落差，慢慢地成了我们日后彼此硌硬的大地雷。

/4/

年轻时，我看过一个故事，讲的是女主和一个男生恋爱，她对辣椒过敏，吃辣后全身发痒，而男生不能碰海虾。

可偏偏他们彼此的过敏原，都是各自生活里的最爱。

说来真的让人心有不甘又难以抉择。

女主同他吃饭，男生点剁椒鱼头，吃得热汗淋漓，大呼过瘾。女主也吃，回家后服下抗过敏的小药片，可还是不得不去医院吊水。

而男生对这一切都毫不知情。

后来，女主感到累了，他们口味不一，她却总在勉强自己。

曾经，她以为爱一个人可以为他付出和改变，其实，这一切都是徒劳。

嘴会说谎，身体不会，脸会假笑，心不会。

你可以欺骗任何人，唯独骗不了自己。

吃不到一起的一对恋人，迟早会在“吃”上出问题。

就像那原本看上去光滑剔透的水杯，盛满水后，竟一点一点从杯底遗漏。它模样完整，可存在了肉眼不易察觉的细密裂痕。

有时候，眼睛一时看不到的，不代表不存在。

/5/

电影《饮食男女》很好地诠释了世间之人，不过“饮食男女”

四字。

凡是人的生命，或许都离不开两件大事，饮食和男女。这也难怪有“食色，性也”的说法了，因为饮食和欲望本就是人的一种天性。

看电影的时候，有个场景，让我印象很深：小女儿和她喜欢的人在路边吃饭，环境既不高雅，菜品也与老父亲做的相去甚远，可她还是吃得很开心。

那种开心，因为自己感到自在。

她一边吃一边说：“真正的爱情是和关心你的人在一起。这个人能让你表达内心感受，你在他面前可以自由自在地谈任何事情。”

也许，我们更在乎的并不是吃什么，而是和什么人一起吃啊！

一起吃饭的那个人对了，一份蛋炒饭都会变得有滋有味。人不对，五星级豪华晚宴，鱼翅燕窝也可能味同嚼蜡。

这也就是，我爱你，泡面加蛋也乐意，因为是你。

/6/

谈恋爱，还是得找口味一致的人，这样感情才能长久。

就好比，路边摊遇到烤串，吃香遇到喝辣，油条就着豆浆，不管怎样都很搭。

喜欢麻辣，就一起在红油辣椒里翻滚；

喜欢甜食，就一起在奶油芝士里融化；

喜欢酸爽，就一起在舌尖搅拌里沉醉吧！

人总归要找到兴趣相投、彼此合意的同伴。

三毛说：爱情只有落实到穿衣、吃饭、数钱、睡觉，这些实实在在的小事上，才可以长久。

如果两个人饭都吃不到一起了，还谈什么恋爱呢？

感情，终归要落到生活里，而生活不过是，一房、二人、三餐、四季。

他曾来自山川湖海，如今，囿于昼夜，厨房与爱。

你问我：“找个能和你一起吃饭、聊天的人到底有多重要？”

我只能说：“人生苦短，不如及时行乐。”

你曾经那么喜欢他，以后多爱你自己

/1/

菜菜子回国了。

她在机场朝我笑，我知道，她是真的放弃了。毕竟喜欢那么久的人，追到了国外也没能如愿。菜菜子从高中就喜欢考拉，考拉要学外语，菜菜子就跟着报班考学校。大学他们在一起四年，超过了朋友又不到爱情，这两个人，一个装傻，一个打死不说，他们就这样维护着感情。毕业后，考拉出国去留学，菜菜子也在父母百般劝阻下申请了学校，一定要跟着考拉去。

说实在的，菜菜子要不是家里有经济条件给她耗，可能她不用出国，就提前醒悟了。

可喜欢一个人就是这样，谁也拦不住，劝不了，天下刀子也要冲出去找自己爱的人。

喜欢一个人，是这世上最难以控制的事。

/2/

有些人的感情三天两头就让人失落。他喜欢我吗？不喜欢我吗？

他发了朋友圈却没回我微信；

他给我点了赞却没再找我说话；

他消失三天了，回我那么慢，话也那么少；

不喜欢我，为什么要撩我，不喜欢我，却让我牵挂。

要怎样才算喜欢？

你不要问，不要听人说，不要眼睛看，他喜不喜欢你，你自己知道。

他喜欢你，会找你。翻山越岭算什么，人山人海又怎样。

他喜欢你，会想你。吃饭时想你，睡觉前想你，走路时牵挂你，睡醒和你说的第一句话就是“爱你”。

他喜欢你，会宠你，你喜欢什么他就买来送你，你要他看电影就看，他就是喜欢你，任你撒野，把你宠坏。

他不喜欢你。微信不会找你，电话不打给你，QQ永远死的。聊天不置顶，没有星标，没有备注。朋友圈不点赞不留言不关注。对全世界有空，就对你很忙。

你们之间，一删好友，即是永别。

你我本无缘，全靠我一人死撑到底。

/3/

有一次跟朋友聊天，他是个挺阳光的男孩。

我问他：“你要走了，不是在那个城市还有喜欢的人吗？”

他笑着说：“可她不喜欢我啊。”

我也很喜欢过一个人，喜欢到现在想起，心里还有痕迹。每天为他熬夜流泪，也等不来他的关心问候，一边洗澡一边哭，不知道哪里错了，他就是不喜欢我。

后来我问灵儿：“他为什么不喜欢我？”

灵儿说：“他不喜欢你，也许不喜欢你的长相，你的身材，你说话的声音，你的性格，你给他的感觉，甚至没有什么理由，只是和你对不上眼。但不管怎样，所有拒绝你的原因都有一个共同点，他就是不喜欢你，自然不想和你在一起。”

还有什么比不喜欢更好、更直接的理由吗？不喜欢就是不喜欢，没感觉就是没感觉。

没办法啊！不喜欢，就是下了死咒。

放手吧，他不喜欢你！

不是你瘦了，好看了他就会接受和喜欢你了，他也不会因为你年轻你有钱就喜欢你。喜欢你的人，即使你微胖，不打扮，不年轻，他也喜欢你，就想和你在一起。不管你怎样，他都认定你啊。

爱情是自私的，真喜欢你的人怎么会把你拱手让人。

一段感情最怕拖着。无论喜欢还是不喜欢，都趁早说清楚。爱就在一起，不爱放手，简单点。

姑娘，回去好好洗个澡，梳个头，打扮好自己，还会遇见爱你的人。他会看你看过的风景，走你走过的路，爱你独一无二的灵魂，珍惜这个全世界再好不过的你。

你曾那么喜欢他，以后多爱你自己。

我们早已过了耳听爱情的年纪

/1/

有位读者宝宝深夜给我发了42条微信，还有几大段她与一个男人的聊天记录。我看了差不多五分钟吧，看完就觉得，这个孩子真是走心了，完了也晚了。

怎么回事呢？就是她打暑假工时，认识了一个男生，男生起先就一直找她聊天，后来他们熟了，就找她要到了微信，而男生恰好长得又是女生喜欢的样子，这样一拍即合，两人看对了眼，之后就每天微信聊啊聊，聊啊聊。

开始时，男生真的很主动，给她发消息：

“早安、晚安，吃饭了吗，睡觉了吗，盖好被子呢，我想你了，你在做什么呀？”

“我有点喜欢你啊，你要不要做我女朋友啊？”

女生开始时，还没有投入那么多感情，她就说：“彼此都不了解，哪来的喜欢呢，你是不是在撩很多女生。”

结果男生就说："不是啊，我就和你一个人聊，你看我都主动问你要的微信，主动找你说话，不是喜欢你是什么？"

女生不知道怎么接话，那是她第一次接触感情。

后来男生每天都找她聊天，嘘寒问暖的，渐渐地，女生就对他产生了依赖，喜欢上跟他聊天的感觉了。

后来，男生一直表达对他的爱慕之情，却从未做过什么，女生室友就说："哎呀，你是不是傻，他说喜欢你，可他做了什么啊？你就那么喜欢他了？"女生也心知肚明，可她还是陷进去了。

慢慢地，假期很快过去，他们也都辞职了，临走时，男生吻了女生，说："我喜欢你。"

这可是女生的初吻啊，而对这个男生来说，自己的初夜估计都早没了。

于是两人就异地了。

异地第一天，男生不再给女生发"晚安"。

第二天，第三天，他总是消息回得很慢，而且十分敷衍。

一个礼拜后，男生不接她电话了，也很少回她短信，永远在忙。

女生的微信却发得越来越多，她一天找不到他，疯狂地给他打电话。可男生只是回她："工作忙，不方便接电话。"

最后女生问他："是不是想分手了？"结果男生吃惊得要死，反问她："你什么时候是我女朋友了？"

她给我发信息的时候，非常着急，她不断地问我：“男生怎么能这样？撩上了一个女生就走？现在的喜欢就那么廉价吗？”

/2/

说真的，这绝对不是我第一次看到女孩子给我发这样的困惑了。

之前也有个姑娘，她说自己喜欢上了一个人，开始也是不喜欢，对他没有感觉。可这个男生每天都跟她聊天，无比关心她，让她感到莫大的安慰。

原本以为再过不久他们的恋情就能打破暧昧，升级为情侣，展开一段甜蜜的爱情。她一直等着男生对自己表白，可男生却在这时候对她的态度冷了下来。

她发微信消息给他，他不回。她给他打电话，打不通。但他却更新了朋友圈，会给她点赞，但不评论，也不主动和她说话，像死了一样。

她每天发十条消息给他，对方只是回个表情。

慢慢地，女孩实在感受到了折磨和压力，她鼓起勇气用手机发了“我想我真的有点喜欢你了”，她发完按掉手机，十分钟后，没有回复；二十分钟后，没有声响；半小时后，有消息但发消息的不是他；一小时后，他回了。

男生是这样说的：“如果找你聊天也误让你以为我喜欢你了，那真的很抱歉。我现在有喜欢的人，你不是我喜欢的类型，祝你幸福。”

什么？

每天和女生道早安、晚安，“宝宝、亲爱的”叫着，现在说你不喜欢我？

感冒送药，总是嘘寒问暖，让我多喝热水，现在说你不喜欢我？

每天和我聊到半夜，现在说你不喜欢我？

你在逗我吗？

/3/

碰到上面说的这些情况，可真够气人的啊！

瞎子都能看出两个人的关系不是普通朋友那么简单，可硬是被男生掰成了女生自作多情啊。

我不知道大家是怎么看待微信聊天这回事的。说真的，我一点都不喜欢把时间浪费在不喜欢的人身上，也问过身边很多单身女孩，几乎没有人愿意和自己不喜欢的人聊天。

可在这一点上，有些男生就完全不同了，他们真是和自己不喜欢的女生都能聊，还以此证明自己的魅力有多大。

撩一个算什么，同时撩两三个一起都不是事，对一号说我喜欢你，转头又对二号、三号发同样的话。反正你们三个人看不到啊，又不是共同好友。

他是说喜欢你啊，又不是只喜欢你。

而一旦他有了新的猎物，不再对你有兴趣，就开始对你冷暴力，玩失踪，最后竟然说一句："我喜欢过你吗？让你误会真抱歉啊"这样的话，让你气得无话可说。

难过吗？人家不承认感情啊！喜欢在他们那里就是说说而已。所以你明知道他只是个打嘴炮的人，就不要再动什么真情了。

/4/

女孩子真的特别容易走心，尤其是那些每天找她聊微信的人。因为她们始终相信：言多始于厚爱。

可其实女孩子的爱也很傻气单纯，她们有时候会非常盲目地喜欢一个人，不是看那个人有多高，有多帅，钱挣了多少……她们啊，是喜欢上他那个人了，喜欢那个人给她的感觉，那种归属和踏实感。

想想每天有个人关心、问候自己，还能跟你聊得来，谁不会动心呢？

所以想对男生说，请你们为自己的言行负责，不喜欢她就不要找她说话，不要发"早安晚安，吃了睡了，困不困……"不要给她买零食，送礼物，不要问她们周末去哪，学习怎样。

你不喜欢她，她有没有睡，吃得好不好，晚上和谁散步……这些都关你什么事？

当然，你要实在觉得感情就是这么一回事，玩腻了就抛弃，那我只能祝你以后遇到的都是玩你的“绿茶”。她们就像你对待好姑娘一样对待你，永远给你希望之后又永远让你绝望。

别指望伤了好姑娘之后，再去拥有自己所谓的爱情了，老天公平着呢！

/5/

也想在最后给女生提个醒：

说喜欢你的人，不一定就真的喜欢你。更何况用微信打上一句“我喜欢你”，隔着屏幕的爱情又有多少分量？

喜欢一个人，是要融入生活，要走心的。

记住金星姐说过的话吧：

如果一个男人心疼你挤公交，埋怨你不按时吃饭，一直提醒你少喝酒伤身体，雨天嘱咐你下班回家注意安全，生病时发搞笑短信哄你……请不要理他。然后跟那个可以开车送你，生病陪你，吃饭带你，下班接你的人在一起。嘴上说得再好不如干一件实事，我们都已经过了耳听爱情的年纪。

毕竟，我们真的都已经过了耳听爱情的年纪。

放弃前任最好的方式

/1/

如果有人问我：“恋爱最难过的事是什么？”

我会毫不犹豫地回答：“失恋后留下的阴影。”

就算删除了那个人所有的联系方式，不再看他一切的社交动态，那些曾经在一起的回忆还是会在很多时候莫名地涌上心头。不会刻意想起，却早已埋在了脑海。

所以当姜姜深夜给我打来电话，号啕大哭，说她忘不了那个人的时候，我忽然就感同身受了。

有人说过，恋爱的方式千百种，失恋的方式却一模一样。

难过，伤心，不舍，忍耐直到释然，开始新的生活。

这些心情，真的只有爱过的人才懂。

/2/

姜姜跟我说，已经两年了，不是没有合适的人，是自始至终她的心里还有他。

我说她真不死心。她就笑了，说她真的很喜欢很喜欢他。

我不想泼她冷水，不想说“虽然你很喜欢他，可他还是跟你分手了。”

记得她和男友刚分手那会儿，她把那串记得烂熟于心的号码删掉了，却在夜里无数次默默记起，拿起手机，按下号码，再删掉。

她把他的微信、QQ全部拉黑，清空了和他相处两年所有的照片、备忘录，却又不自觉在我面前一直提起。

分手后，曾经的甜蜜都变成往后的负担——之前的聊天记录是伤人最深的情话，一起去过的地方不会再去，提到那个人的名字会难过，就连那些说过的话题、吃过的食物，看过的电影都不想再提及。

取消星标关注，不再聊天置顶，没有备注，甚至删除好友。

对爱情也开始怀疑，分手后追姜姜的人很多，可她却再也不敢往前迈一步，她不想再对谁付出，很难再有人走进她的心里。

她问我：“怎样才能彻底放下？”

我只是心疼地看看她，说了那句最没用也最有用的话：“时间是最好的良药。”

要多久你才放下呢？一年，两年……时间总会让你遗忘。

你以前宝贝的那个人，他的样子你会淡忘，他说过的话你会忘记，他喜欢的一切你不再会记起，你对他也不再有感觉。

张爱玲说过，时间和新欢是最好的方式，如果没忘，就是时间不够长，新欢不够好。

/3/

以前刷微博看过一个视频——放弃前任的5种方式。

删掉他所有联系方式。

既然下决心要忘记一个人，就不要给自己留退路。既然做不到不去找他，那就删掉他的所有联系方式，让自己无法再找到他。

与其难过，不如想着自己如何变优秀。

每一段恋情都会让人成长，在那段失败的恋情里你一定知道了自己的缺点。

胖了，就减肥运动；皮肤不好，就多保养；性格不好，就好好反思，做出改变……

你以前不爱打扮，就去看时尚杂志；你以前不爱运动，那就去锻炼健身；你以前不爱读书，就去读书学习。

好好赚钱，失恋了还有钱。

想想也对，你失恋了还有钱，想去哪里哭就去哪里哭，没钱就只能抱着啤酒瓶倒在马路边。好好赚钱，找个好工作，男朋友算什么啊？

记住你是个小仙女！

有人说，失恋后的时间是最好的升值期，深以为然。

恋爱时没时间看的书赶快去看，不敢吃的蛋糕、零食快去吃。从没尝试的发型、风格赶紧去试试，从没尝试的运动，像冲浪、滑雪、潜水等快去尝试……

一个人能把自己的日子过充实了，怎样都不觉得没劲。

他不是嫌你丑吗，你就去变美，气死他；他不是嫌你胖吗，你去变瘦，让他后悔！

何必在乎那个人的眼光，你要记住你最美，你是个小仙女。

最后一步，从心里删去，他是谁都不再重要。

一定要相信时间，相信那些痛苦岁月里，你努力让自己成长的意义。

因为所有的错过、失恋，都是为了让你与更好更合适的人相遇。所以抓紧时间变美，下次就不会再错过。

/4/

放弃前任最好的方式是什么？就是再也不在意，不关心，不管多喜欢都不回头了。

总有一天，他的名字不再让你的心有一丝波澜。总有一天，你的心里也会住进另一个人。

别再哭哭啼啼，伤心难过。比起失恋，没钱、没工作更可怕，丑得要命还没人要更可怕。

重蹈覆辙这种事也别尝试，真喜欢你的人又怎么会跟你分手？

你觉得他不喜欢你，那他就是不喜欢你。

我花20000元买了一个Gucci包，男朋友说分手

/1/

琪琪和锐哥分手了，那天一早炸了我们班级微信群。

那会儿正想私聊琪琪，想不到她给我发来消息：

“喵，我真的要被他气死了。上个月跟着公司做项目，公司给我分红，我拿其中20000元买了中意许久的Gucci缎带包。当天一下班，我就高高兴兴拎着包跟他约会，没想到他见我第一句话就是‘你又买了个包？又花了多少钱？！’我直接无语了。是啊，我是买了个包，买包怎么了？于是没好气地说20000元。

“说完他就杵在那儿不走了，说回家，不用吃饭、看电影了。一边走一边说我败家，说想不到以前跟他在一起我都是装的，还说花钱这么大手大脚让他以后怎么跟我过日子。

“那时候我看着他，觉得他再也不是我喜欢的少年了，他终于变成一个只知道谈钱的庸俗男人。

“我说不用了，转身就走。一路上哭哭停停，妆花了，心也碎了。

“我花20000元买个包败家，可能吧，毕竟他从没给我买过2000元以上的东西。

“你说爱情不能用物质衡量吧，可有时候，物质的差距却让爱情清醒。”

/2/

琪琪的话让我想到以前的一个同事。同事说她有个室友，也是工作很卖力，会赚钱的女孩，还没毕业就赚到了能买房的首付。

当时那个室友交了个男朋友，对男朋友比亲儿子都好，给他买衣服从没低过2000元。她自己也用SK-II，说“有能力买得起，为什么不用更好的？年轻就要舍得”。

后来花4000元买了两张演唱会票，结果男友对她劈头盖脸一顿骂：“花钱这么大手大脚干什么，还买这么没用的东西？”

同事说起这事别提多气了，我们也瞪大了眼，凭什么请他看演唱会，还说这种话啊？

后来还有更刺激的，室友不是会赚钱嘛，男生直接限制她每个月花销，说什么赚的钱要留下来一起买房子。

这男朋友双击666啊！合着你女朋友自己赚钱给你花，还得给你买个房。养个家？果断要分手。

同事说：“呵呵，我室友就说分手，结果这男的还让她付个分手费！说给她买过一件800元的衣服，两支YSL口红，电影票和饭钱就AA制……还没等那男的说完，室友就挑起高跟鞋，气场十足地说：‘拜托，你现在身上穿的一件就3000元，还有鞋子，随便一双不要钱？要不你也都还给我，我还能卖个二手？’”

同事还告诉我，室友还说：“就你这样，200块我都不给，这房子也是老娘的，别站着碍眼了，趁早滚蛋吧！”

哈哈哈！同事说得绘声绘色，我笑得人仰马翻，还说那YSL是假的，两支才180元，她室友碍着男友面子没说呢，男的还在那儿叨叨。

看看，女人有钱就是不一样，自己买自己想要的，还能把那些垃圾男友怼得一句话说不出来。噢，不要太爽！

所以宝宝，你一定要有钱。

/3/

没买过2000元以上的东西给你，却要嫌弃你花20000元买包浪费的男人，没给你买过像样包包，却觉得收你买的衣服、鞋子理所当然，还要你挣钱买房的男人，不管哪种，都不能要。

而且我们女人在乎的真的是钱吗？不，我们在乎的是态度，是你们对我们的珍视程度。

2000元的衣服又怎样，只要我喜欢你，就给你买。

4000元的演唱会票又怎样，那是我喜欢的歌手，陪我一起看演唱会不好吗？

我买个20000元的包你也不开心，买个演唱会票你又炸毛，说我败家。我到底怎么了？花的还不是自己赚的钱，我打扮漂亮，想吃点好的，穿点好的，用点贵的，只要在我能力范围内，怎么就成了你眼中只知道虚荣的败家女孩？

我就想问了，我买名牌包包、衣服……哪样用了你的钱？

会花钱怎么了，大手大脚怎么了，姐乐意，花得起，用得着听你叨叨？

/4/

一个不懂珍惜你的男朋友，是不能要的。

看一个男人值不值得交往，三观有时候比人品还重要。就说三观中最重要的价值观吧，它直接决定两个人能否长久共处。

三观是什么？

看过这样一段话：

“你喜欢看书，他喜欢玩游戏。这不叫三观不合。你喜欢看书，他说看书‘没用’。这才是三观不合。

“你喜欢去西餐厅吃牛排，他喜欢在大排档撸串，这不叫三观不合。但是他说‘牛排那玩意死贵，还不好吃，说你真是做作’，这就是三观不合。

“你喜欢假期去各地旅游，他就喜欢宅在家里，这不是三观不合。但是他说‘旅游有什么好玩的，不就是花钱遭罪嘛，躺在家里多舒服’，这就是三观不合。”

深以为然。

你可以不喜欢，但你不能说那是错的。

你可以不喜欢我花20000元买包，但你不能说我浪费钱、败家。我不败家，我只是想在自己能承受的经济范围内给自己买点好的。

/5/

女孩子千万别和一个会降低自己生活标准的男人在一起。

你以前用SK-II，现在省钱用廉价的化妆品；你以前穿大牌衣服，现在穿地摊货；你以前去哪都打车，现在为了他挤公交；你以前花20000元买包，现在守着憋屈的爱情？

每个女孩都是爹娘的心头肉，你不宝贝她，自然有人宝贝。而有些男人最致命的一点是喜欢在分手时反咬你一口：你不就是因为钱不跟我在一起吗？你不就是嫌我穷吗？

对啊！我就是嫌你穷啊！穷到我被迫降低自己的水准迎合你，真的太累了。啊，你太穷了。

对不起，我无法再压抑自己不去买贵的、好的东西，无法继续忍受你带我吃便宜的麻辣烫，我还得一脸幸福的样子，更无法想象以后跟你在一起、结婚、生孩子，我们辛酸又贫穷地活着。

还有比这更糟糕的吗？求你结束我的痛苦，跟我分手吧。

求你了。

如果20000元的包和憋屈的爱情摆在我面前，我肯定选包啊，“包”治百病，而你给我的爱情，只会让我生病！

在最好的升值期，你也可以变得独立、光芒万丈

/1/

在回答新的一年应当怎样过，这样的人生诘问时，谁也不能轻松地喘口气，毕竟没有一劳永逸的人生，要想得到自己想要的，必须付诸行动。

新的一年，我希望你，对待自己，依然拥有自信和勇气

和那个只想不做，只犹豫、傻乎乎等在原地看到别人无数次跌倒后华丽起飞的样子徒生失落，那个总羡慕别人成功，却害怕那些成功途中遇到的荆棘野兽，见到悬崖峭壁就把自己缩在壳子里的自己，说一声再见！

坚强勇敢地迈开双脚，成长终究是一场学会战胜自我和困难的旅程，越是艰难越要咬紧牙关，不拼不闯只是做个畏首畏尾的人怎会有精彩的未来？

把那些说出口的话努力做到吧！这一年，要读多少书，看多少电影，做多少笔记，去多少地方……都去坚持，累积着小目标，不要再推迟了，不要再想着“时间还有很多”。因为有些事情啊，现在不去做，

以后就没有机会了。

/2/

新的一年，我希望你，对待学习或工作，拿出十二分的认真与坚定。

没有人是天生就会做什么的，学习是唯一一件天道酬勤的事，正确且高效的付出是它的不二法门，只要你想学，拿出那份坚定和信念，就会有回报。

踏踏实实，把知识学透，静下心来，去面对那些你曾难受不愿理睬的一切，越是难闯就越要面对，逃避解决不了问题。

不管是学习还是工作，如果自己一个人做不好，就应当去请教身边做得好的人，去谦虚地让他人指导你，接受别人提出的意见与批评。还要不断反思：为什么自己没做好，为什么会出现问题，应当如何解决？

而他人是没有义务无条件帮助你的，在学习做事的途中也应当学会做人，受之恩情必当回报，投其所好，以表心意。

世故并不圆滑，聪明尚且通透，这不是损人利己的坏事，相反，这才是作为一个成年人该有的成熟法则。

/3/

新的一年，我希望你，对待爱情不困不乱不惘，活在当下。

爱情，是每个人都渴望的，渴望被爱也渴望爱上别人，可其实真正的爱情并不是所有人都能懂。

著名作家派克曾说：“爱，不是感觉，它是实际行动，是真正的付出。真正有爱心的人，即使面对他不喜欢（甚至讨厌）的人，也能表现出爱的姿态，他们心中蕴含的爱，才是非虚假的爱。”

爱不等于爱情，爱情只是爱中非常狭隘的一种。

人不应当被情感所奴役，你应当知道，不爱的你的人，你再努力也枉然。感动来的并不是爱，是对你的愧疚，这种感情只会折磨彼此，不会让两人幸福。

你必须明白，爱情可以有，但不是人生的全部，相比爱情，对于精神、经济、自我的更高追求才更重要，自我价值的实现是我们毕生应奋斗不止的目标。

终日只会谈感情，沉浸在逝去的或是得不到回应的感情中的人是没有出息的，那个人只是不爱你，并不是你不值得爱。要让自己更有魅力，活得更潇洒动人，爱你的人终究会来到你身旁。

总有一个人会包容你的全部，他爱你心血来潮俏皮的笑脸，爱你不施粉黛的素颜，爱你身着素衣的平实模样，爱的是骨子里真正的你。不是因为你穿了什么衣服，背着什么包，化了什么妆，他才爱你。是你哪怕什么都不做，站在他身边，他觉得温暖、满足，他会温柔地看着你，为你披上一件外套，捂热你的掌心。

大概这就是爱，牵着你的手，拥抱你，心里有你，和你过漫长生活，就是我所认为的爱。

/4/

新的一年，我希望你，对待父母，应常回家看看，尊敬长辈，关爱家人。

工作之后，我才真正明白钱有多重要，又有多难挣。想起曾经读书时候父母省下所有的一切，让自己有书读，什么都没有了也要让自己有饭吃，是多么不容易。

而当你毕业了，工作了，又去了远方，父母啊，永远跟在自己的身后，望着你远去的背影，给你鼓足勇气：要努力啊，照顾好自己，爸妈没在身边，你一定要按时吃饭，早点睡觉，不要为了工作拼命。如果辛苦了，工作不如意别憋着，跟爸妈说说。你做什么，爸妈都会支持的。

多不甘心啊，没有挣到多少钱的一年又一年，父母老了，那些年少时发光的梦想，说要带着他们二老游山玩水，还要多久才实现呢？

其实父母，想要的不是金山银山，他们要的是你的陪伴，是你过节时回家能好好地陪着他们吃一顿粗茶淡饭。这日子，好也是过，坏也是过，有亲人在身边，有爱的人在身边，再艰涩的时光都变软了。

不能回家的时候，常常记得给他们打个电话，问问父母在家可好，定期带父母去检查身体，给妈妈买她喜欢的围巾、手链等小礼物，给爸爸买茶叶、鞋子、皮包等。其实送什么都不重要，重要的是你心里有他们，走到哪里都带着这颗心。

世事在变，唯有真情不变。

/5/

新的一年，我希望你，对待朋友，应君子之交淡如水，珍惜拥有的，释怀逝去的。

虽然很多人可以填满我们的通信录、微信列表，可是那些在你真正有困难第一时间不顾一切来支持你的才是朋友。

那些你遇到问题第一个想到的人，那些你可以大声哭诉、毫无顾忌地说着生活的烦恼、苦楚、恋情的失败、无法排解的忧愁的人，在他们面前你从不会担心你会失言或是完全不同于平时的肆意会让你失去他们，他们包容、用谅解的眼神看着你，他们安慰你，给你力量，他们会告诉你：人生就是这样啊，不会一帆风顺，也不会步步险势，有苦有乐，才是我们真实的世界，才是朋友。

好的朋友是即使不见面，不说话，可是一见又如故，什么都阻挡不了你们之间的情谊，你们说着各自的恋情、生活，相互挖苦又相互鼓励。

新的一年，你应当明白，那些无用的社交，处在三观不同的圈子，参加无聊的聚会，是多么没意思的事。

“我愿意与之交往的人，希望他能够具备独特的个性和才华、聪慧、有可探索的内涵，又希望他在日常平凡的时候，善良、热诚、充满活力。”安妮宝贝这样说。

所以，去和跟你志同道合的人，热爱生活，有理想有抱负，爱学习不断充实自己的人交朋友。去用空余时间提升自我，走进更高的层次，感受更大的世界，不要沉迷于声色场所，不做虚伪的社交达人，要交真朋友。

因为成长的分水岭逐渐走散的朋友，那就放在心里吧，留一个位置，希望他们过得好，这就够了。

深情不必说，祝福就是最好的。

/6/

新的一年，我希望你，对待生活，要像一个童心未泯、胸怀赤诚的孩子般，依然热爱生活，期待明天。

对生活保持着最初的喜爱，不管现在有多不如意，都不放弃，学会坚韧地面对生活的磨难。

在有能力的范围里，依然选择能令你开心的小玩意，用有质感的器物，养花植树，读万卷书，行万里路，见见这个世界，和它悉心相待，看它四季的变化，枯木逢春，朝花夕拾。

永远让自己有趣，即使一个人看展览、演出也不会觉得寂寞。一个人也能翩然起舞，可以看更远更深的海，高谈阔论，陶冶情操，买得起自己想要的。

规划好自己的时间，把生命留给自己想做的事。

冯唐有一首写给女儿的诗：你必须内心丰富，才能摆脱这些表面的相似，煲汤比写诗重要，自己的手艺比男人重要，头发和胸和屁股比脸蛋重要，内心强大到混蛋比什么都重要。

做一个内心丰富又强大的人，落寞是短暂的，有趣的灵魂终将会相遇。

/7/

对待未来，要做一个善良、健康，有思想、对世界满怀敬畏之心的人。

尊重自然，万物循环，珍惜人与人之间的情谊。一个认真生活的人，不是吃口饭，睡个觉，昏昏沉沉度日的人。人一生最重要的是要找到自己的方向，找到自己最愿意花时间且热爱的事情去做。

专心细致地扎根在自己喜欢的领域，学会承担责任，细致地做好自己该做的事，尊重每一个人，每一个身边的人说话的语气、态度，等别人把话说完，在提出自己观点态度之前应先肯定对方。

虚心地接受他人的指导或意见，及时反思，不要抱有偏见地对待朋友、同事，应站在客观、公允地角度去看待整个事情，不偏颇亦不事后随意指点他人。

做一个有分寸，懂礼节，会察言观色，不给人随意添麻烦的人。有时候循规蹈矩并不是刻板，认真有信仰才会受到别人敬重。

万丈高楼平地起，要做好事情就必须从每一个生活的小细节里做起，有人说，在面试前会把衣袖扣好，打理衣服，照个镜子梳梳头发的人，是非常认真的。在离座之后，把抽出的椅子放回原位，都是非常有礼貌的人。

细节不仅决定着爱情，也决定着人生的走向。

/8/

我不说做到了什么，人生就会截然不同，翻山越岭到新的层次，我只是知道并且相信，没有所谓完美无缺的人生，也没有可以复制的成功之路，每个人都是这么慢慢走过来的。

感谢那些默默为你付出、为你痛哭的人。

我最后希望的还是，你要有一颗善良的、清澈的心。愿你成为一个温柔又不失力量，坚定有信念的人，那么就在这苍茫人世里，饱经忧患，涅槃重生。

新的一年，在这最好的升职期请多指教。

全力以赴过好现在的每分每秒就是最好的，唯勤之，共勉之。